說謊的阿大

文 阿部夏丸
圖 村上豐
譯 游韻馨

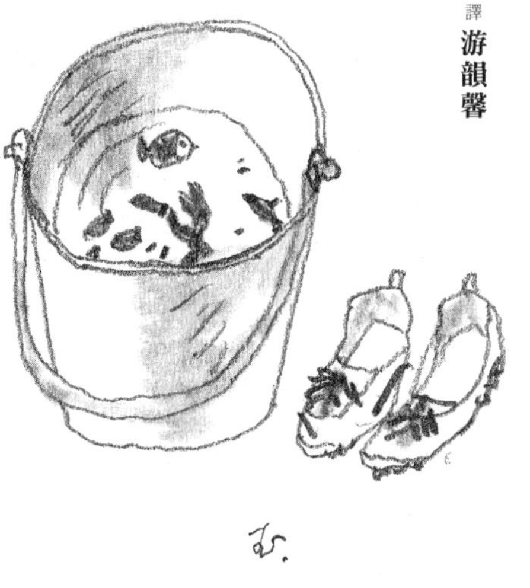

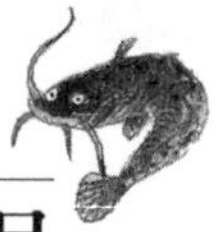

目錄

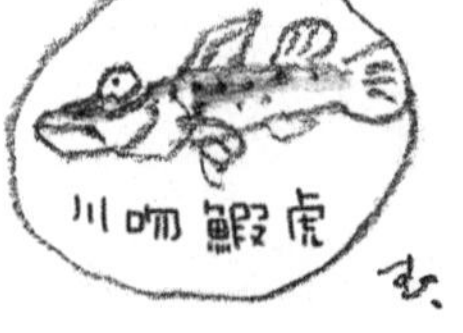

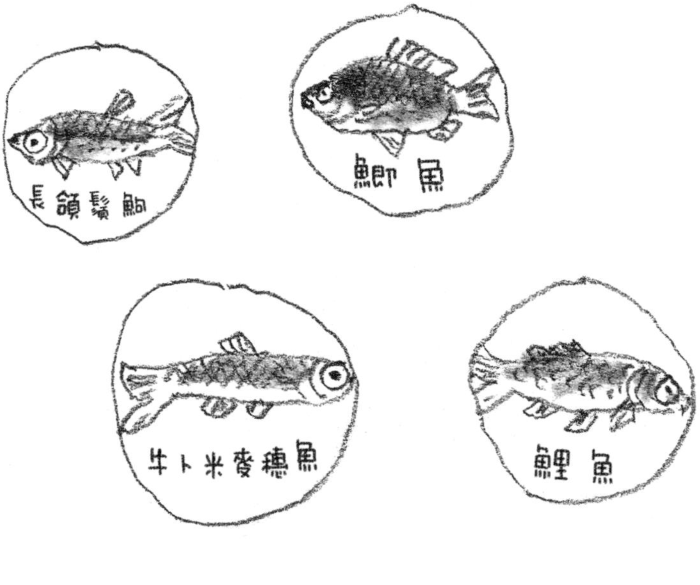
長頷鬚鮈
鯽魚
牛卜米麥穗魚
鯉魚

1 第一次釣魚

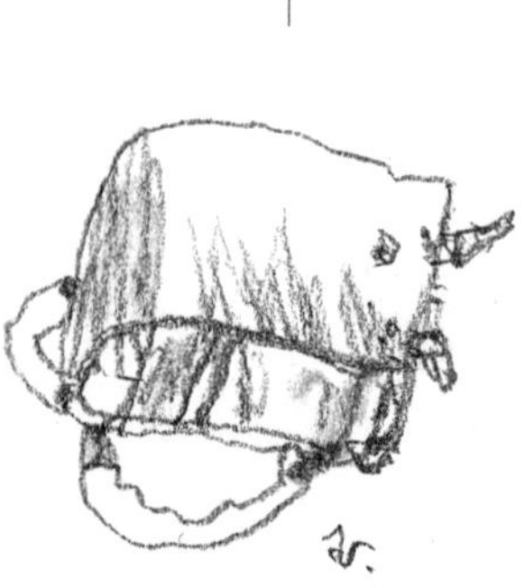

我討厭書包。

這原本是我最喜歡的書包，可是升上六年級以後，愈背愈不舒服。以前背起來剛剛好的背帶，最近勒得我的肩膀好痛！也讓我這一陣子的心情愈來愈煩躁。

＊

這一天，補習班下課之後，我騎著腳踏車經過家下川[1]，過橋的時候，看到河岸邊有一個可疑的人影。

1「家下川」位於日本愛知縣豐田市，是矢作川水系的小支流。

他在幹麼？
好可疑……

「咦？」那是一個小孩戴著帽子、背著書包，走在河邊的堤防上。

（那頂帽子……該不會是……）

原本已經騎過橋的我，立刻停下腳踏車，回頭看個究竟。我悄悄躲在橋上，往家下川上游的方向看去。

（原來是阿大……他在那裡做什麼？）

阿大是我的同班同學，他叫做新見大介。同學們都叫他「騙子阿大」。大介在三年前，也就是三年級的時候，從長野縣搬到我們住的愛知縣豐田市來。雖然長野縣就在愛知縣隔壁，但我從來沒去過；對我來說，長野縣是很遠的地方。

班上同學叫大介「騙子阿大」是有原因的。

事情發生在他剛轉進我們班上不久。全班一起為新同學舉辦歡迎會，老師原本希望他能因此早一點和班上同學打成一片，可惜事情並不順利。剛開始同學們表演唱歌、變魔術，炒熱了現場氣氛，可惜敗就敗在最後的「大介提問時間」。

那時，班長夏葉首先提問：「你在之前的學校，同學們都叫你什麼？」

大介馬上立正站好，恭敬的回答：「大家都叫我阿大。」

或許是因為這個綽號聽起來太親切，全班同學都笑了起來。

接著，高材生敬一問他：「阿大，你最喜歡吃什麼？」

大介認真的回答：「我喜歡吃番薯、芋頭。」

大介的表情再度讓全班都笑了，所有同學都好喜歡他。

「那你最討厭吃什麼？」另一個同學也提出問題。

「我最討厭吃蟲。」大介的回答出乎眾人意料，教室立刻又充滿了笑聲，同學們都覺得大介好幽默。

就在此時……

「奇怪，大家不吃蟲的嗎？」反倒是大介自己驚訝的問。

大家聽到大介的疑問，先是愣了兩秒，教室裡的氣氛瞬間凝結。沒多久，同學們紛紛你一言、我一語喊了出來。

「你騙人的吧？」

「你不是說真的吧？」

儘管沒人相信他的話，大介還是繼續說：「你們應該都吃過水裡的幼蟲或是蟲蛹吧？」

「水裡的幼蟲？蟲蛹？那是什麼？」

「哎喲！好噁心喔！」

就算是開玩笑，這個笑話也太令人不舒服了。如果是真的，那就太噁心了，就連老師聽到也嚇了一大跳。所以，大家都認為大介吃蟲的事情一定是說謊。

後來我聽爸爸說，長野縣有些地方從以前就有吃河裡的蟲以及蠶蛹的習慣，但是已經來不及洗刷大介的清白了。人一旦被貼上標籤就很難再撕下來。

從那件事之後，同學們就叫他「騙子阿大」，認為他滿口謊言。

我蹲在橋上看著大介，覺得自己好像偵探一樣。雖然沒必要這麼鬼鬼祟祟，但我還是不希望被他發現。

老實說，三、四年級的時候，我每天都跟大介一起玩，我們可以說是死黨。可是升上五年級之後，我就漸漸不跟他玩了。不，應該說不能再跟他一起玩了。

理由很簡單，他的種種行為都讓我看不透，我不知道他為什麼要做那些事情。當時班上同學不是迷上新的電視遊樂器，就是玩卡片遊戲，可是大介對這些完全不感興趣。不僅如此，他還是跟三年級時一樣，每天跑到森林或空地去撿橡實或空罐子玩。

大介玩的遊戲太幼稚了，六年級有六年級該玩的遊戲。他偏偏跟別人不一樣，才會老是被同學排擠。儘管很多人在學校還是會跟大介說話，卻沒有人想跟他玩。

其實，還有另一件事也讓我害怕與大介相處，那就是他的大眼睛。他和我的體格差不多，不算高大也不算矮小，但每次只要一被他那圓滾滾的眼珠子盯著看，我就會沒來由的感到畏懼。

媽媽老是開玩笑的說：「阿大的眼睛好大喔，長大後一定是個大帥哥！」但我真的很怕他那雙眼睛。每次跟他說話時，總覺得他像是看穿了我的內心，那種感覺真難受。

我看見大介沿著家下川旁的堤防朝上游方向走去。他不時從口袋裡拿出什麼東西往河裡丟。

（他在丟什麼？）

他的行為引起我的好奇心。

大介接著走上一座水泥小橋，那座橋距離我藏身的橋約有數十公尺。

那座水泥橋橋面很窄，勉強只能讓兩個人擦身而過，汽車與機車都不能通行。大介在橋中央停了下來，又從口袋裡拿出某個東西往河裡丟。

（他到底在做什麼？）

我真的好想知道大介在做什麼，於是慢慢從躲藏的橋邊欄干下探出頭來。緩緩流動的河水，從大介所在的那座小橋，慢慢流向我藏身的這座橋，我看見有一個像小紙屑的東西漂浮在混濁的水面上。

我盡可能的將身體探出欄干，想要看清楚那是什麼。

（是麵包嗎……啊，那是吐司邊！）

大介將吐司邊撕得碎碎的，丟進河裡。

（可是，大介為什麼要丟吐司邊？為什麼要這麼做？）

正當我沉浸在自己的思緒裡，突然聽到有人叫我。

「嗨——阿健！」

（糟了！）

我不小心被大介發現了！雖然情急之下想要躲起來，但在橋上也無處可躲，只好站起來揮了一下手。

（嘖！真丟臉，竟然被大介發現我在偷窺。）

不過大介根本沒察覺到我的心情，再次大聲對我說：

「阿健，快過來！這裡有不得了的東西喔——」

（不得了的東西？）

那句話引起了我的興趣，於是我走下橋，往大介那裡走去。

「快來！快來！」大介還不斷向我大聲喊叫。

（我們現在又不是死黨，叫那麼親切幹麼……）

雖然我表面上裝作沒什麼，但其實心裡覺得這樣好煩喔！

我往上游走去，走上那座水泥小橋。大介笑著對我說：

「阿健，你怎麼會在這裡？」

（我才想這麼問你呢！）

「我剛上完補習班要回家……」我回答。

「這樣啊，阿健好忙喔。」

「別說我的事了，你怎麼還背著書包？」我反問大介。

「喔，因為放學了要回家啊！」大介一副理所當然的樣子。

「你是說你從放學到現在，都還沒回家嗎？」

「是啊。」

我太驚訝了。我們每天上下學都有一定的路線，要是偏離這個固定路線被那些大嘴巴的女生發現，她們肯定會向老師打小報告。再說，這裡距離大介他家將近一公里遠，這與「放學途中到附近玩一下再回家」根本是兩碼子事。

「你不怕回家被罵啊？」我好奇的問。

「還好啦，我常常這樣。」大介回答。

（常常……這傢伙該不會每天放學後都在路上閒晃吧？）

大介一臉不以為意的模樣，神色自若的說：「放學後我會到處走走，最近我每天都會來這裡。」

「這樣啊，那你在這裡幹麼？」我脫口問出心中的疑問。

大介慢吞吞的說：「就……來灑這個。」

大介一邊說著，一邊從口袋裡拿出剛剛往河裡丟的吐司邊。

「……」我一點都看不懂大介在做什麼。

「不要用奇怪的眼神看我，我這麼做是有原因的。」

（有原因？大介到底在說什麼啊？）

大介看我一臉疑惑的樣子，於是跟我說：「好吧，阿健，過來這裡，坐在這裡看。」

我就這樣在大介身邊坐了下來。

我坐在小橋邊，雙腿自然往下垂，鞋尖離水面只有兩公尺。接著只見大介撕下手裡的吐司邊，一點點、一點點的丟進河裡。

「先別問，仔細看。」大介繼續丟著。

「……」我也默不作聲的靜靜看著。

水面上漂浮著幾塊吐司邊，從我們的腳下往下游緩緩流去。

（到底會發生什麼事啊？）

我完全不知道大介要給我看什麼，只好一直盯著流動的吐司邊瞧。

吐司邊一直往下游漂流了十公尺左右，眼見就要卡在前方蘆葦叢根部。

「快來嘍，仔細看！」

大介話一說完，平靜的水面就掀起了漣漪，發出噗通一聲。

「快看，出現了！」大介說。

一隻全身黑色的鯉魚從水面探出頭來。鯉魚張著大大的嘴，一口吃下吐司邊。可能是那隻鯉魚發出的聲音驚動了周邊，接著又有第二隻、第三隻鯉魚陸續浮出水面，短短一眨眼的時間，剛剛漂動在水面上的吐司邊全都不見了。等到吐司邊全被吃光後，水面又恢復原本平靜無波的模樣。

「很驚人吧！沒想到這裡竟然有那麼大隻的鯉魚耶！」

「……」一時之間我不知道該說什麼。

我知道這條河裡有鯉魚，我也知道鯉魚會吃吐司，不過，我也只是知道而已，我從來沒有像這樣親眼看到河裡的鯉魚。

大介得意洋洋的說：「怎麼樣啊，阿健？」

「……」我腦中一片空白。

「很壯觀吧！」

「……」壯觀是壯觀，可是我說不出口。於是我反問他：「阿大，我問你。」

「什麼？」

「你每天都來這裡餵魚嗎？」

「是啊。」

「為什麼？」

「什麼為什麼……」

「有人拜託你來餵魚嗎？這些魚又不是你養的。」我脫口問道。

只見大介看起來有點不好意思的說：「……其實我想要抓鯉魚。」

「什麼？抓鯉魚……」

直到剛剛那一刻為止，我從來不知道這條家下川裡有鯉魚。光是這一點就夠讓我驚訝了，沒想到大介竟然還想要抓鯉魚！對於抓魚什麼的一點興趣也沒有的我來說，那簡直是未知的世界。

「你來得正好，我一個人恐怕釣不起來，你剛剛也看到了，那條魚有六十公分那麼長呢！」

（等一下，我可沒說要幫忙啊！）

「從我餵牠們到今天已經有兩個禮拜了，剛開始牠們都很小心，不會像剛才那樣搶食。但每天餵、每天餵之後，就變成你剛剛看到的樣子了。現在這些魚完全不怕我，我想，我們應該可以輕鬆釣起來。阿健，來幫我吧！」大介自顧自的說著。

我跟他說：「不行啦，我又不會釣魚。」

「沒關係、沒關係。」

大介根本不管我說什麼，我搞不清楚他究竟是太想釣鯉魚，還是完全活在自己的世界裡。只見他一臉興奮，抽出插在書包裡的直笛拿到我眼前。

大介說：「你先拿著這個。」

我問：「這是什麼？」

「風箏線。」

大介的直笛上捲著一圈又一圈的風箏線。由於捲了太多圈，整支直笛看起來就像研磨棒那麼粗。

「這條風箏線也太長了吧？」

「我捲了二十公尺呢！」大介得意的說。

風箏線的最前端綁著大大的魚鈎，大介將大拇指大小的吐司掛在魚鈎上，拋進水裡。掛在魚鈎上的吐司在水面浮浮沉沉。

「好了，阿健，接下來就順著水流放線吧。」

大介將捲滿風箏線的直笛交給我，我有點不知所措的說：「我不知道該怎麼做……」

「不要怕，你只要慢慢鬆開線，讓吐司像剛剛那樣往下流就可以了。這樣的話，鯉魚一定會上鈎。」大介解釋給我聽。

「你來釣啦！」我想把直笛還給他。

「不行不行，我待會兒要負責撈魚，這麼大的魚很難撈。你只要拉緊線就好，知道嗎？」

「……真拿你沒辦法。」我一臉不甘願的拿著直笛。

雖然我老大不願意的樣子，其實心裡覺得這種奇怪的釣魚法還挺有趣的。

「阿健，我來把鯉魚引出來。」

大介瞄準魚鈎上的吐司，又連續丟了五、六塊吐司屑到水裡。吐司屑在水面上聚在一起，往前漂流。

我不斷轉動直笛放線，讓魚鉤上的吐司與其他吐司屑混在一起，隨著河水慢慢往下流。

「……」我盯著水面上的吐司看。

「注意嘍。」大介話才說完，就有一隻大鯉魚浮出水面，一口吞下吐司。看到這個情景，我的心臟跳得好快。可惜那隻鯉魚吃的不是魚鉤上的吐司。

「快吃吧、快吃吧。」大介喃喃的唸著。

說時遲那時快，第二隻鯉魚跳了出來，這次牠吃了魚鉤上的餌。

大介大呼：「上鉤了！」

原本鬆弛的風箏線瞬間拉緊，我的手感受到一股拉力，我知道魚上鉤了。咕嚕！咕咕咕咕……鯉魚四處亂竄，河面激出一大片水花。

那是我從來沒有過的感覺，好重，真的好重，比我想像中還重。我的右手緊緊握著釣線。

「哎呀！不要慌張，冷靜下來。」大介看到我慌張的模樣，趕緊安撫我。接著又說：「不要硬拉，要慢慢的、慢慢的。」

我大叫：「你這樣講我聽不懂啦……」

咕嚕、咕咕咕咕……鯉魚也奮力拚鬥，不斷左右游動，牠每動一次，風箏線就深深陷入我的手指肉裡。

大介問我：「現在拉力應該很強吧？」

「嗯。」

「等鯉魚快沒力了，我就下去把魚撈起來，你一定要撐到那個時候喔！」

「嗯。」

「可能要花上好幾分鐘，你一定要撐到鯉魚沒力喔！」

「嗯。」

剛開始我還手忙腳亂的，但聽到大介說的話，心情漸漸穩定下來。

（好，我跟你拚了！）

大鯉魚不斷用力拉線，我也興起了跟牠拚下去的想法。

就這樣過了十分鐘左右——因為大介說過了十分鐘，所以我想應該真的是十分鐘。不過，跟鯉魚拔河的這十分鐘，我感覺像是過了二、三十分鐘。

大介看著河裡的鯉魚說：「好，看樣子差不多了。」

他沿著岸邊的堤防牆面往下攀爬。這座由水泥磚堆起的堤防約有兩公尺高，大介緊緊抓著鑽出牆面的雜草，用腳踩著水泥磚的縫隙，俐落的往下爬。

「嘿咻嘿咻。」大介落地時，潮溼泥濘的地面發出噗的一聲。堤防下方是泥土堆積成的河岸，現在鯉魚的位置大概在距離橋下幾公尺的下游處，離河岸邊差不多一公尺遠。

大介眼睛緊盯著鯉魚，慢慢靠近岸邊。

他抬頭看著我說：「我要開始嘍！」

我點了點頭，沒說任何話。

我知道大介接下來要做什麼，他要把風箏線拉往岸邊，想辦法撈鯉魚上岸。

（希望一切順利。）

大介說：「要是鯉魚反抗我就會鬆手，阿健，你要拉好線喔！」

「嗯。」

大介表情很凝重，他站在岸邊將手慢慢伸向風箏線，然後用手捲起線，一邊捲，一邊用力往岸邊拉。

嘩啦啦啦啦——受到驚嚇的鯉魚果然開始反抗，將大介潑得一身是水。

「阿大，你還好嗎？」

「沒事，我沒事。」

大介一會兒伸長手、一會兒前後走動，想要消磨鯉魚的力氣。雖說鯉魚已經很累了，但牠的反抗力氣還是不小。

我在橋上望著與鯉魚搏鬥的大介，心情忽然變得很複雜。

（我到底為什麼會在這裡呢？我現在應該在家裡打電動才對啊！為什麼我會在這裡釣鯉魚呢？而且還是跟大介在一起，為什麼會變成這樣？）

原本深深陷入我手指肉裡的風箏線，現在力道已經輕很多了。線的另一端，是大介的背影，而在他眼前的，是仍在做最後掙扎的鯉魚。

嘩啦啦啦啦、嘩啦啦啦啦——鯉魚不斷激起水花，不過牠的力道已經愈來愈微弱。

我一回神就看到鯉魚的白色腹部浮出水面，大介將那條大鯉魚慢慢往自己方向拉過來。只見那條鯉魚雙眼無神，嘴巴張得大大的，就連魚鰭也無精打采的往下垂，看來這場仗是大介贏了。

「我要將魚撈上岸嘍！」

大介繼續將鯉魚往淺灘帶，淺灘的水深只有十公分，鯉魚的身體有一大半都在水面上。不久之後，鯉魚就躺在淺灘上，一動也不動了。

大介左手伸向放棄掙扎的鯉魚，想要輕輕抱起牠，不過他的手太小，無法抓穩那隻大鯉魚。

就在這一刻——

啪啪啪啪——那隻鯉魚竟又再度掙扎了起來。

「你這難纏的傢伙！」大介奮力阻止鯉魚的反抗，大叫：「別跑，給我停下來！」

大介穿著鞋跑進河裡，按住想要溜走的鯉魚，他的短褲沾滿了泥巴。鯉魚拚命的想往蘆葦根部竄。

我不禁大喊：「大介，千萬別讓牠跑了！」

大介也大聲回答：「我也不想放過牠啊，可是我抓不住牠啦！」

「加油，別讓牠跑了！」

「不行，我一個人撐不下去了！」

一聽到他這麼說，我想也不想的立刻起身。「等等我，我也下去！」

我二話不說，從橋上往岸邊跳下去。

鯉魚奮力反抗的結果，反而讓風箏線纏住蘆葦根部，再也無處可逃。大介冷靜下來之後解開風箏線，彎下腰來抱起很重的鯉魚，回到岸邊。

大介目不轉睛的看著鯉魚說：「阿健，我們成功了！」

「嗯……」

「真是太厲害了，這條魚好大啊！眼珠子也好大，嘴巴也好大。」

「嗯……」

「真的好大一條喔！對吧，阿健？你別站在那裡，快過來看啊！」

「……」

「你怎麼了？」

「……」我還是說不出話來。

「噗！哈哈哈哈。」大介抬頭看了我的樣子忍不住大笑了起來。

我剛剛從橋上往下跳時，雙腳不小心陷在河岸的泥灘裡，想動也不能動，想走也走不了。我現在根本動彈不得。

「你的腳拔不起來嗎？真的拔不起來嗎？」

「嗯……」

後來還是大介用力拉我，我才好不容易從泥灘中脫身。沾在我腳上的泥巴還帶著微溫的感覺，聞起來的味道讓我感覺好熟悉。

這就是我第一次釣魚的經驗。

2 放學不回家

第二天——由於老師要參加示範教學的緣故，第三節改為自習課。老師離開前再三叮嚀我們不能吵鬧，但沒有人聽得進去。當然，我也是。意外賺到的一堂自習課，就像是颱風突然來襲，學校放假一樣，每個人都欣喜若狂、蠢蠢欲動。

老師離開之後，才安靜了一陣子，沒多久就有人開始聊天，教室裡瀰漫起一陣陣悅耳的嘈雜聲。大家都在聊昨天看的電視、最近玩的電動，女同學們也輕聲細語，頑皮的男同學則坐在桌子上嬉鬧。

在那一片窸窸窣窣之中，我聽到敬一的聲音。

敬一是個很適合當班長的那種男同學，功課又好，也有正義感。重點是個性開朗，和每個人都聊得來，不只受班上同學歡迎，也很受老師與家長們的喜愛，大家都叫他「高材生敬一」。每次只要教室裡吵吵鬧鬧，敬一就會擺出老師的模樣要「大家安靜一點」，沒想到今天他竟然跟大家聊開了，而且還聊得很開心。

敬一說：「上個星期天，我跟我爸去海釣公園釣魚。」

「海釣公園？」說話的是博之，另外還有幾名同學圍著敬一。

敬一解釋：「海釣公園在三重縣，那裡海上有一座超大的浮橋[2]，長達一百公尺，我們就在那上面釣魚。」

博之問：「一百公尺？太大了吧？」

「不騙你，真的有一百公尺喔！大得像運動場一樣，橋上還有游泳池，也有商店和桌椅，釣到的魚還可以當場煮來吃呢！」

「好棒的地方喔！」

「就是說啊。而且浮橋四周全都是釣場。」敬一說得眉飛色舞。

博之又問：「可是那是在海上，不會搖晃嗎？」

「那裡是峽灣內部，比較像是湖，不像海，幾乎沒有海浪。」

「真是太好了！那你有釣到魚嗎？」有人好奇的問。

「當然有啊！雖然浮橋四周都是海，但海面下有網子圍起來，網子裡都是魚，隨便誰來都能釣到魚。」

「好好喔——」同學們紛紛發出羨慕的驚嘆聲。

敬一接著說：「我釣了好多條四十公分的鯛魚和竹筴魚，最大的魚是六十公分的幼鰤魚。」

「幼鰤魚就是經常做成生魚片的那種魚，對吧？」博之說。

「沒錯，牠的力量好強，我還以為我會被拉到海裡呢！」

我想起了之前跟大介一起釣鯉魚的事情，我到現在都還記得當時的興奮感，鯉魚激起水花竄逃的模樣、釣線拉扯手的觸感，都記得清清楚楚。有機會的話，我還想再去釣一次鯉魚。

「六十公分的魚啊，好厲害喔！」

「我也好想去釣一次喔！」

聽到同學們你一言、我一語說出羨慕的話語，敬一開口說：「你們也叫爸爸帶你們去啊，很好玩喔！」

「不行啦，我爸爸根本不釣魚。」

2 浮橋：以浮筒或小船並排，再鋪上層板架設成橋。

「敬一家好好喔。」

就在敬一那一群人聊得正開心的時候，我聽到一個熟悉的聲音。

「大家都喜歡釣魚嗎？」那是大介的聲音。果然看到大介滿臉笑容站在那群人面前。

「我們在說敬一釣到一條六十公分的幼鰤魚啦！」其中一名同學跟大介解釋。

「好厲害喔！」大介敬佩的說。

「對吧！」

「不過，如果是六十公分的魚，誰都能輕鬆釣到喔。」大介似乎也想跟大家聊天，於是說起自己的經驗。

「嗄……」原本開心聊天的一群人忽然安靜了下來。

此時博之開口問他：「你在哪釣的？」

「就在附近。」

「附近？」

「家下川。」

眾人聽到大介的話，全都靜默不語。

博之露出冷冷的笑容說：「大介，你還是跟以前一樣愛說謊，家下川怎麼可能會有魚？」

大介堅定的說：「真的有！」

「你真的去家下川釣魚嗎？」

「沒錯！」

「我再問一次，你真的在家下川釣到魚嗎？」博之再次逼問大介。

我好緊張，要是大介說出實情，我跟他一起釣魚的事情就會曝光。雖然那是事實，但我不希望他這個時候說出來。

大介想了一下，說：「嗯——不過，我不是一個人釣的。」

「我就知道！」博之立刻說道：「騙子阿大果然在說謊。」

「我才沒有說謊。」

「好好，隨你怎麼說，騙子阿大。」

「哈哈哈哈。」其他同學也跟著博之起鬨，開始取笑大介。

大介看起來很不服氣，而且完全沒有想要認輸的樣子。大家都等著看大介出糗，在一旁嘲笑他。我的心情好複雜，不過我也不會因為這樣就站出來，向大家證實「大介說的是真話」。我不想捲入這場紛爭裡。

「大介，我能理解你想跟我們聊天的心情，可是說謊是不好的行為喔——」

「就是啊，說謊也要說得高明一點嘛！」

大介每次都會這樣被同學圍剿，不過今天博之不想那麼輕易放過他。

博之說：「我知道了，我們都會聽你說，你就說一個讓我們捧腹大笑的謊吧！」

大介反駁：「我沒說謊，家下川真的有很多魚！」

「家下川只是條排水溝，怎麼可能會有魚？」

「就是說嘛，家下川根本不可能有魚！」同學們也紛紛附和博之的話。

「真的有。」大介還是堅持自己的立場。

「才不可能有魚呢！」

高材生敬一看到大家一味指責大介，開口緩頰：「不一定喔，如果是鯉魚的話可能會有。我對魚還算有點研究，鯉魚可以生活在很髒的水裡，即使是那條排水溝應該也能生存。」

「真的嗎——」

「是這樣嗎？」

敬一的話讓緊張對峙的氣氛瞬間緩和下來，沒想到大介在此時竟又補了一句：「不只是鯉魚，還有鯽魚、平頜鱲以及香魚。」

大介真的是哪壺不開提哪壺，也不看看現在是什麼情形，如果他明白自己的處境，就應該順著臺階下。難得敬一都幫他架好臺階了，現在是要怎樣？

敬一搔著頭說：「大介，香魚必須生長在清澈的河流裡，排水溝裡是不可能有香魚的。」

「可是真的有啊，而且還有鰻魚、鯰魚和烏龜。」

敬一看著大介，不發一語。

博之接著說：「敬一，算了啦，不要管這傢伙。喂，騙子阿大，家下川裡還有沒有別的動物啊？有沒有獅子還是長頸鹿？對了，你不如說『大野狼來了』還比較剛好。」

「噗哈哈哈！」

「博之說得好。」

教室裡又掀起了陣陣嘲笑聲，就連原先沒有加入話題的同學們也都笑了。

我看著不斷說謊，讓自己陷入困境的大介，心裡覺得他好可憐。即使如此，大介還是不以為意的繼續說：

「雖然沒有大野狼，不過有老鼠喔，有八十公分長的大老鼠。」

「……」唉，他真的沒救了。

「……你有完沒完啊！」同學們不客氣的回他一句。

「就是說嘛，你這個騙子！」

「騙子阿大！」

「騙子——騙子——騙子——騙子——」

不知是誰起的頭，所有人一起齊聲攻擊大介。

「騙子——騙子——騙子阿大——大介是個騙子——」

到了這一步，大介只能垂下頭來，在所有人的嘲諷聲中，默默走出教室。

（我不懂為什麼大介要說那種謊？我們兩個一起釣鯉魚的事是真的，他如果要證實自己的清白，只要把我供出來就可以了。雖然我很感謝他顧慮到我的感受而沒說出來，但他後來也沒必要一直說謊啊。）

我坐在桌子上想著大介的事情，卻完全想不出任何頭緒，於是也站了起來，悄悄離開教室。教室裡又恢復了之前的嘈雜，沒有任何同學在意大介剛剛垂頭喪氣離開教室的事情。

我知道大介經常在屋頂發呆，於是假裝要去上廁所，也順著樓梯走上屋頂。我並不是要去找他說話，或是去安慰他，只是有點擔心，所以去看一下而已。

果然又在說謊
騙子阿大！

樓梯盡頭有一個平臺，平臺牆面上釘著一排鐵梯子。我爬上梯子，看見眼前貼著一張「禁止攀爬」的貼紙，但我裝作沒看見那張紙，繼續往上爬。鐵梯上方有一個類似人孔蓋的蓋子，我打開蓋子，探頭向外看。

（奇怪，他不在這裡……）

我小心翼翼的把蓋子整個打開，爬上屋頂。

今天天氣真好，晴空萬里，微風吹拂。我吸收著陽光的氣息，挺直背部，大大的伸了兩次懶腰。

「欸，阿健！」

突然有人叫我。是大介，剛才我明明沒看到他。

（又被發現了！）

雖然覺得很丟臉，但也來不及了。事到如今我也不能偷偷溜走，只好假裝「我是碰巧來這裡，並不是特地來找你」的模樣看著他。

大介睜著圓圓的大眼睛向我招手。「過來過來，到我這裡來。」

（不要，我只是碰巧來這裡，不是來和你說話的。）

大介完全不了解我的心情，仍舊興奮的看著我，說：「阿健，快過來，給你看一個有趣的東西，快來看。」

「……」沒辦法，我還是敗給他那雙大眼睛和一派天真的表情，最後只好默默的走到他身邊。

大介指著校園裡那棵大銀杏樹說：「看得到嗎？」

「什麼？」我問。

「就是那根樹枝啊，由上往下數第三根，很粗的那根樹枝。」

「……」我只看到滿樹的枝椏。

「阿健，仔細看，在樹枝的根部有一個藍色的東西。」

「藍色的東西？……哦！」

大介沒有騙我，在第三根樹枝的根部，果然有一個藍色的東西。我瞇著眼仔細一看，發現那是一個大約兩手環抱那麼大的垃圾塊。

「那是……垃圾？」我不確定的說。

「雖然是垃圾做的沒錯，不過用垃圾來稱呼它太可憐了啦！那是鳥巢。」

「什麼！那是鳥巢？」

「你看得出那個被當成鳥巢的是什麼嗎？」

「看不出來。」

「那是廢棄衣架。只要是能用的東西，烏鴉都會拿來做巢喔。」大介解釋。

「那是烏鴉的巢嗎？」我問。

「沒錯。」

「你怎麼會知道？」

「因為之前有烏鴉在啊。」

「你有看到嗎？」

大介開心的點點頭，興奮的告訴我那個烏鴉巢裡除了兩隻烏鴉爸媽，還有三隻小烏鴉。而且其中兩隻小烏鴉早已順利離巢生活，另一隻小烏鴉則是小時候就夭折了。

我抓著屋頂的欄干遠遠眺望那個烏鴉巢。以前我只在照片上看過，這還是我第一次看到真的烏鴉巢。我緊盯著烏鴉巢看，腦中想起了那些曾經待在巢裡的小烏鴉。

我喃喃自語：「好羨慕喔……」

大介問：「羨慕什麼？」

「你之前看過小烏鴉，對吧？」

「是啊。」

（可惡，我也好想看！為什麼不早一點告訴我……）

我好想這麼說，可是我不能。畢竟是我自己先不跟大介說話的，現在哪有臉抱怨？

大介在我身邊說：「太好了。」

我問：「什麼事太好了？」

「看到你這麼開心太好了。」

「我才沒有開心呢……」

老實說，我真的很開心。不只是釣鯉魚的時候，現在望著烏鴉巢，我也很開心。不過，我可不會乖乖承認。

「阿健，你以前讀三年級和四年級的時候就很喜歡動物。」

「那是以前……」我還是嘴硬不肯承認。

「這樣啊！不過，對於自己感興趣的事情，還是會覺得很好玩。」大介深有所感的說完這句話後，看向一望無際的藍天。

我凝視著大介的側臉，心中百感交集。

（自己感興趣的事情，還是會覺得很好玩啊……）

我好羨慕能說出這句話的大介，我相信班上沒有其他同學能說出同樣一句話。大家都想要跟同學一起玩、一起聊天，彷彿只有這樣才會覺得放心。所以，為了融入小圈圈，不得不玩電動、看電視。

我坐在屋頂的水泥地上，對大介說：「你為什麼知道這麼多事？」

「哪些事？」

「你知道家下川有魚，也知道銀杏樹上有烏鴉。」

「這些事只要注意一下就會知道啦！」

「可是一般人不會注意到啊。」大介真的與眾不同。

「是嗎？」大介歪著頭問。

「是啊。」

「我知道了，一定是我放學都不回家，老是在路上閒晃的關係。」

「在路上閒晃？」

「嗯，我沒有參加社團，也沒上補習班，所以放學後我有很多時間在路上閒晃。我想可能就是因為這個緣故吧。」大介說。

「原來你放學後都不回家啊……可是，放學不回家不太好吧。」我不禁擔心大介哪天會被老師逮到。

「都怪平常上下學的路線太無趣，走兩天就膩了。」大介似乎絲毫不覺得自己有錯。

「可是，規定就是規定，一定要遵守。」

「你還真敢說，明明自己也蹺自習課，在這裡摸魚。」

「嘿嘿嘿。」

「唔呵呵呵。」

好懷念哪！以前我們也經常這麼笑。

（為什麼後來我不再找他玩了呢……）

「對了，阿大，剛剛你為什麼不說出我的名字？」

「欸，沒什麼……說出來比較好嗎？」

「也不是這樣啦。」我低下頭，悶悶的說。

「算了啦。雖然我沒說出你的事，但我也沒有說謊啊。如果我說我是一個人釣魚，那才是說謊吧？」

我咻的站起來，對大介說：「等一下，你敢說你沒說謊？」

「為什麼不敢？我才不是騙子呢！我雖然放學沒有直接回家，也會惡作劇，但我絕對不說謊。我是說真的。」大介的語氣非常堅決。

「等一下……」我想起大介在教室說的話，忍不住問：「那我問你……家下川有香魚嗎？」

「嗯，有。」

「有鰻魚、鯰魚，還有烏龜嗎？」

「有。」大介瞪著大眼睛回答。

雖然我很怕看他的眼睛，但他的表情看起來不像是說謊的樣子。就是這雙眼睛發現了我從來沒想到的鯉魚和烏鴉巢。

（可是……）

我再問他最後一個問題：「那麼……你要老實說喔，真的有八十公分的老鼠嗎？」

「有，我看過。」

我看著他不發一語，大介也堅定的看著我。當我注視著他的臉時，實在很難想像他會說謊。可是，如果他沒說謊，那麼根本不可能發生的事情，怎麼可能是真的？

我說：「日本才沒有那麼大的老鼠。」

大介說：「就真的有嘛！」

「可是……」

大介插嘴說道：「阿健，你要相信我。」

「唔……」我實在沒有辦法相信。

「我知道了，這樣吧，我讓你親眼看看，你就會相信我說的話了。」

「如果能看到的話……」我的態度有些軟化。

「好，就這麼決定了！我就讓你看看，今天放學時一起走吧！」

大介坐回水泥地上，臉上露出滿意的笑容，向後躺在地上仰望天空。

我喃喃的抱怨：「你這個人為什麼老是想到什麼就做什麼……」

我覺得自己好像被大介牽著鼻子走了。不想讓他看出我窘迫的樣子，於是我也學他坐下來伸了個懶腰，向後躺。

不用說話的感覺真舒服，我們兩個人就這樣靜默不語，一起度過了一段不算長也不算短的時光。

從屋頂仰望的天空藍得不像話，也寬闊得令人忌妒，怎麼看都看不膩。

我開口問：「阿大，放學後不回家，在路上閒晃，這麼做好玩嗎？」

大介自豪的回答：「那還用說。」

「可是好像會引來很多麻煩……」

「才不會呢！」

「是嗎？」我還是不太相信。

「你不覺得一放學就回家很無聊嗎？繞小路到其他地方走走，可以發現很多新鮮事喔！」大介自顧自的說著放學不回家的好處。

我靜靜聽著阿大說話，腦中一片空白。

我一直認為道路存在的意義就是為了走到目的地，不禁喃喃自語：「在路上閒晃真的有那麼好玩嗎？」

一道筆直的飛機雲劃過我們兩人仰望的天空，不久之後，那道白色飛機雲被風吹散，逐漸消失在蔚藍天空裡。

3 好大一隻老鼠

由於自習課時我跟大介在學校屋頂上約好一起去看大老鼠，因此放學以後，我沒走平時回家的路，而是繞到家下川找大介。

我們約在上次釣鯉魚的那座橋上見面，再由大介帶路。我刻意避開同學的耳目，不跟大介一起離開學校。不過，走在與平時回家不同的道路上，心中不免感到緊張。

來到約定的那座橋，大介已經在那裡等著我。他興奮的跟我打招呼：「阿健，你來啦！」

我還是不太習慣大介總是這麼有精神的樣子，只小聲的回一聲「嗯」。

我們一起走在河邊的堤防上，堤防路面是碎石子路，並不是那麼好走。

沙沙、沙沙、沙沙……大介穿著運動鞋，用鞋尖踢著碎石往前走。

沙沙、沙沙、沙沙……看到大介走路的樣子，我也將雙手插在口袋裡，學他的走法，邊踢石子邊往前走。

沙沙、沙沙、沙沙……這個走法雖然很孩子氣，不過走起來好舒暢喔！

我們走了一會兒，大介停了下來。

我問他：「你說的大老鼠就在這裡嗎？」

「哦，不是這裡。不過這裡也有好玩的東西喔！」大介說完就往前走，我跟在他的後面。

大介走到水門前幾公尺處蹲了下來，躡手躡腳的走著。

「呵呵，我們這樣好像小偷喔！」我不禁笑了出來。

「噓，不要這麼大聲！」大介出聲警告我，我立刻閉上嘴。

大介繼續小聲叮嚀：「你聽我說，接下來你走在我前面，不要出聲，安靜的走在路中間，走到水門柱子前面的時候，就往河岸的方向看。」

我問他：「那裡有什麼？」

「不告訴你，你自己看就知道了。記得往水門旁的岸邊看，不要忘嘍。」

「知道了……」我完全按照大介的話做，一走到柱子前面，立刻往河岸方向看去。

「……？」（到底要看什麼？根本什麼也沒有啊，不就是一條河而已嗎？而且水門下方的水深很深，既沒有魚、也沒有鳥，這裡哪有什麼好玩的東西？）

大介小聲對我說：「快看，就在你前面。」

我一抬眼，忍不住大叫一聲：「哇！」

前方岸邊的石頭上，有三隻烏龜疊在一起。

我開心的喊：「好酷喔！是烏龜耶！」想也沒想就站了起來。

「哎呀！不可以！」大介立刻拉住我。

可惜我站得太快，那三隻烏龜一發現我，就噗通一聲跳進水裡了。

「對不起……」我覺得有點過意不去的看著大介。

大介不在意的說：「沒關係，算了啦！不過，你有看到嗎？」

「有，我看到了，是烏龜，烏龜耶！」我興奮的回答。

真的，我從來沒想過這麼輕易就可以看到烏龜。雖然我以前也看過烏龜，但那是在寵物店或動物園裡看到的，是由人類飼養的烏龜。沒想到我家附近的河裡就有野生烏龜，真是太意外了！

我還沉浸在興奮的情緒裡，大介站在我身邊對我說：「我們繼續走吧！」說完就往前走。

我問他：「阿大，我問你，那些烏龜可以抓嗎？」

「我是沒抓過啦，不過應該可以吧？」大介也不是很肯定的說。

「這樣啊……」（連大介也沒抓過啊……）

大介問：「阿健，難道你想抓烏龜嗎？」

「這個嘛……」我也說不上來。

「哦！這個點子不錯。那我們下次來抓吧！」

這種感覺真奇妙，我也不知道為什麼，不過就是看到烏龜而已，怎麼我會這麼感動呢？

（這根本不是我的個性。）

於是我刻意壓下自己興奮的情緒，假裝沒事的感嘆說：「沒想到這條河裡真的有烏龜耶。」

「你在說什麼？我不是說過家下川有烏龜了嗎？阿健，你果然不相信我！」

「那是因為……」

「阿健，我問你，你認為我是騙子嗎？」大介認真的問。

「你才不是騙子呢！」

「好吧，那我原諒你。」大介一邊走著，一邊開心的笑了出來。

（不妙，再這樣下去我就會被大介牽著鼻子走了！）

儘管如此，我心中還是很享受現在的狀況；再說，如果沒有大介帶路，我也看不到烏龜。只有我一個人的話，就算碰巧走到水門那裡，也不可能安靜的走到定點，更別說看到烏龜了。

（大介知道好多我不知道的事。）

我想，就這樣被大介牽著鼻子走好像也不壞。

我們又往前走了大約五百公尺，大介再次停下腳步。

我忍不住開口問：「是這裡嗎？你說的大老鼠就在這裡嗎？」

大介回答：「是啊。」

我們將書包丟在草地上，並肩站在堤防上。我們站的位置就在兩條溝渠的匯流處，河面相當寬廣，而且只有這一段的水泥堤防坡度比較平緩。兩條溝渠的匯流處長著茂密的蘆葦叢，那裡看起來好像有什麼東西的樣子。

不一會兒，大介就說：「今天大老鼠不在。」

「你確定嗎？」

「是啊，如果那隻大老鼠在，馬上就會看到。牠經常在對岸那裡游泳……」

我們目不轉睛的望著河流，來回走在堤防上，尋找老鼠的蹤跡。可是完全看不到大老鼠的身影。

於是大介對我說：「我去上游看看，阿健，你要跟我一起去嗎？」

我問：「你不是說大老鼠都會在這裡出現嗎？」

「是啊。」大介點頭說。

「那我要在這附近找找看。」我一說完，大介就往上游走。

我看著大介愈走愈遠，接著我走下坡度平緩的堤防，堤防的坡面長著茂密的雜草。

（這裡該不會有蛇吧？）

我很怕蛇，所以走得很慢。後來仔細想想，我從來沒有親眼看過蛇，只是在電視或照片上看過蛇，就覺得蛇很噁心。

我用手撥開高度及腰的雜草，穿過一片油菜花，來到河邊。這裡的水比下游淺，可以看到石頭滾動的模樣。靠近一點看，河水看起來也變得清澈一些。

（那是什麼？）

就在此時，我聽到一陣水聲。原本穩定流過淺灘石頭的水，發出了嘩啦嘩啦的聲音。我聞到了草的香氣、油菜花的香氣。微風吹過我的臉頰，心中產生了一股清涼的感覺。

（沒想到現在還有如此令人舒暢的地方……）

原以為家下川只是一條排水溝，從來不曾靠近這條河，現在才發現原來這裡的環境這麼舒服。一直以為我住的地方沒什麼大自然景致，來到河邊才發現眼睛看到的全都是綠草和樹木。

（不過，不管怎麼說，家下川都只是一條排水溝而已。）

我在河邊蹲了下來。

（咦？這是？）

低頭看向腳邊，我發現了一隻田螺。

（哇！沒想到這裡有田螺耶！）

田螺在地上慢慢走著，我仔細觀察，發現牠伸出兩隻角左右晃動，身上背著重重的殼。

（哈哈，看起來好像在背書包喔……）

正當我伸出手想要捉起田螺時，突然聽到對岸傳來一陣窸窣聲。

「在那裡！」我驚叫出來。

我看到大老鼠了！而且真的跟大介說的一模一樣，是一隻長達八十公分的大老鼠！

（我是在做夢吧……）

我不敢相信自己的眼睛，我一直不認為這個世界上會有大介說的那種大老鼠，但是，現在那隻大老鼠就出現在我的眼前……

大老鼠睜著牠那圓溜溜的大眼睛，看見我立刻慌張掉頭，往茂密的蘆葦叢跑去。就像是有一隻狗穿過去一般，蘆葦叢發出了一陣窸窣聲響。

（喂！你跑哪去，給我站住……）

我想也沒想就穿著鞋衝進河裡，河裡的小石頭相當溼滑，一不小心就會滑倒。於是我走得很小心，看清楚腳下的石頭才一步步往前走，好不容易終於走到對岸。我在大老鼠躲進去的蘆葦叢前來回觀察。

（那隻大老鼠到底跑到哪裡去了呢？）

我真的好想再看一次。但我心裡其實也很害怕，仔細想想，就算大老鼠出現在我眼前，我也沒辦法做什麼。光憑我一個人的力量，根本不可能抓住牠，說不定還會被牠咬傷。

（大老鼠，你快出來啊……嗯，還是不要出來好了……）

我的心情好複雜，眼睛還是盯著蘆葦叢看。

雖然最後那隻大老鼠還是不見蹤影，不過我發現了另一個有趣的東西。

大介從上游回來了，他問我：「怎麼樣，阿健，有找到大老鼠嗎？」

我回答：「有，我看到了，就在這裡。」

「真的嗎？」大介急急忙忙的衝下堤防。

「我看到了，真的看到了！」我興奮的說著。

「很大一隻對吧？」

「對啊，我看到的時候也嚇了一跳。你說的是真的耶！」

「嘿嘿嘿。」大介笑得比我還開心，接著他又笑著問我：「阿健，你還認為我是個騙子嗎？」

「我知道，你從來不說謊，你不是個騙子。別說這個了，我找到一個很有趣的東西喔！」

「什麼？」大介好奇的問。

我撥開蘆葦叢，用手指著草叢深處，反問大介：「你覺得那是什麼？」

這片距離河邊一公尺，生長了一整片密密麻麻、毫無空隙的蘆葦叢，裡面竟出現了一個洞。仔細看，那個洞的大小就像一個圓形坐墊，上頭蘆葦全都倒成一片，看起來像是蓬鬆柔軟的坐墊一樣。那怎麼看都不可能是自然形成的現象，肯定是被外力壓倒才會變成那樣。

大介猜：「我想那應該是個巢穴吧？」

「對吧？我也是這麼想。」

於是我跟大介一起仔細觀察那個大老鼠的巢穴。

「幹得好，阿健，這真是個大發現！」

聽到大介這樣稱讚我，我真的好開心。比起找到大老鼠或巢穴，被大介說「這真是個大發現」這件事，更讓我感到開心與驕傲。

看了好一會兒，我們才離開蘆葦叢，走回岸邊，爬上堤防。

我跟大介說：「現在可以跟同學們證明了。」

「證明什麼？」大介問。

「當然是證明你不是騙子啊！」

「沒關係啦，我不在意。」

「什麼沒關係，我會當你的證人！」

「我都說沒關係了……」

大介的反應讓我好意外，我還以為他會很開心的。

「我不想證明是因為到時候事情鬧大了，大家都會跑到這裡來一探究竟。要是大家七手八腳的圍著巢穴不走，那大老鼠就不能待在這裡了……」大介說出了他的想法。

「……」聽了他的話，我突然覺得有點慚愧。

大介處處為大老鼠著想，我卻沒想到這一點，這個認知讓我很震撼。老實說，我只想要當英雄，只想要跟同學們炫耀我看到了大老鼠，而且還找到老鼠巢穴罷了。大介從很久以前就知道這裡有大老鼠，卻寧願被同學當成騙子對待，從不辯駁。在他面前，我那邀功的想法真的是太卑鄙、太可恥了。

「抱歉，我知道你是為我好……」大介說。

「你為什麼要向我道歉？」我說。

「可是……」

「你說得沒錯，要是把這件事告訴班上同學，一定會引起軒然大波。他們不像你，一個人也能玩得很開心。那些人做什麼事都要在一起，肯定會成群結隊跑來這裡，到時候就不好收拾了。」我認同大介說的話，因為我曾經也是他們的一分子，過去的我也不可能一個人玩。

大介接著又說：「坦白說，我也想讓大家知道這裡真的有魚、有大老鼠。」

「就是說啊。不過，我真正想做的是……」

「是什麼？」

「我想要洗刷你的汙名，我不希望同學們都認為你是騙子。」我還是重申了自己的想法。

「聽我說，真的沒關係。」

「怎麼沒關係？既然我已經知道真相，就不能袖手旁觀。這是我的問題。」

「你的問題？」大介驚訝的問。

「沒錯，是我個人的問題。」

「既然你這麼想，我還是希望你能保守祕密。再說，我不在意同學說我是騙子……我是說真的喔，阿健。」

「……」我真的不知道該說什麼，既然大介都這麼說了，我只能將這件事放在心裡。

那天傍晚，我跟大介一直望著家下川直到太陽西下，那隻大老鼠再也沒有出現過。

第二天的午休時間，我跟大介跑到圖書館去，我們想要調查那隻大老鼠究竟是什麼動物。我們從書櫃上拿出兩本厚厚的動物圖鑑，放在書桌上翻閱。

大介問我：「阿健，這裡真的會有嗎？」

我說：「那還用說，這可是圖鑑耶。」

「話是這麼說沒錯啦……」

「我真不知道你怎麼想的，有那麼重大的發現，竟然到現在都沒調查過。」

我很驚訝大介竟然從來沒調查過那隻大老鼠的真面目。

「可是，我真的很討厭看書啊！」大介還在做最後的掙扎。

「這是圖鑑耶，只要看照片就好了。」

想不到那個在河邊表現英勇的男孩，到了圖書館竟成為一無是處的普通人。

儘管嘴上說不愛看書，但第一個翻找出大老鼠照片的人還是大介。

大介指著一張照片說：「是這個吧。咦？還是這個呢？」

我們兩個緊盯著圖鑑上的照片，比對腦海中大老鼠的長相。

我說：「應該是美洲巨水鼠吧……」

大介說：「看起來也很像麝鼠呢……」

「我看看，美洲巨水鼠生長於南美洲，麝鼠來自北美洲，這兩種動物都是世界大戰前，日本人為了製作軍服毛皮特別養殖的。這些養殖的老鼠後來有的跑掉，或是被棄養，才會在日本各地繁殖，到處都能看到牠們的蹤跡。現在美洲巨水鼠大多棲息在西日本地區；麝鼠則是棲息在關東的部分地區……」我仔細讀著圖鑑上的解說。

「這樣說的話，那應該就是美洲巨水鼠嘍！」大介高興的說。

「原來真的有耶。我本來還以為那隻大老鼠是人工交配出的新品種，或是突變種，原來是這麼有來頭的老鼠啊！」我感佩的說。

「看來美洲巨水鼠並不算是稀有動物呢。」

「就是說啊，書裡還寫說岡山有很多美洲巨水鼠……不對，美洲巨水鼠應該很少見才對！你想想看，我們身邊根本沒人看過那隻大老鼠啊，所以牠應該可以歸類為珍禽異獸。」

後來我們又研究了圖鑑上介紹的各種老鼠。沒想到日本有這麼多我不知道的老鼠品種，我只知道溝鼠以及家鼷鼠，而大介竟然還知道日本睡鼠與巢鼠，令我對他刮目相看。

大介向我解釋：「我住在長野的時候看過日本睡鼠，長得很可愛喔！」

「長野有好多珍奇動物喔。」

「對了，我還看過飛鼠。」

「好羨慕你喔。」

「我跟你說，家下川有巢鼠喔。」

「真的假的？」我瞪大眼睛問。

「當然是真的啊！牠們就跟這張照片一模一樣，會做網球大小的圓形巢穴，長得超小一隻。」

「是喔。老鼠真的有好多種喔，有很大的，也有很小的……」一想到過去從沒注意過的動物就在自己身邊，讓我更想要了解所有動物。

我跟大介說：「阿大，請你再多告訴我一些動物的事。」

「幹麼這麼說，我也沒有多懂多少……」大介難為情的回答。

就在我們聊得正起勁時，突然有人插話：「你們聊得真開心。」

轉頭一看，原來是班長杉本夏葉。夏葉是一個長得又瘦又高的女孩，男女同學都很喜歡她。

她不只功課成績好、運動神經也很發達，還很會照顧同學，對任何人都很和善，因此班上沒有人會說夏葉的壞話。要是有人說她壞話，就會被其他同學認為那是一種基於忌妒心理而做的惡意攻擊。如果讓班上男同學票選最受歡迎的女同學，我相信十個人會有九個投給夏葉。不過，這些都不重要，現在的問題在於我跟大介單獨相處的事情被發現了。

你們聊得
真開心！

夏葉接著說：「我都不知道大介同學和健太同學是好朋友呢。」

我不動聲色的說：「隨你怎麼說。」

「這樣啊。」夏葉直勾勾的看著我們兩個，不一會兒，就看到圖鑑上的照片。「欸，是老鼠耶。這是大介同學上次說的八十公分老鼠嗎？」

「才不是呢！」我用力闔起放在桌上的圖鑑。就連我自己也不清楚，為什麼會有這樣的反應。

「……對不起，打擾你們了。」夏葉一說完，轉身就跑出圖書館。

（我到底在幹麼……）

「阿健……」大介覺得我的反應太怪了，我看著大介，勉強擠出笑容，卻說不出任何話來。

4 夏橙事件

發現大老鼠那一天之後，又過了兩個星期。

這段期間裡，我每天放學後都不直接回家，而且在外面玩的時間愈來愈長。不只是不用去補習班補習的日子，就算是要去補習班的日子，我也一定會先繞過去家下川晃一下。由於這個緣故，我每天放學後都跟大介玩在一起，我們相處的時間比跟爸媽相處的時間還要長。

雖然我們放學後幾乎黏在一起，但在學校裡還是保持一定距離。如此一來，既不會造成彼此的困擾，共同保守一個祕密，也讓我們有歸屬感。

我會再次跟大介變得這麼熟，還有另一個原因。自從跟大介玩在一起之後，我體會到一件事，這很難用三言兩語解釋清楚，只能說我對於一個人獨處這件事感到自在。

現在就算是自己一個人坐在教室裡，也不會有被排擠的焦慮感。我再也不用像以前一樣，配合班上同學趕流行，也不用硬逼自己加入大家的話題。

星期天，我吃完午餐後，跑到家下川去玩。我並沒有事先跟大介約，但我認為他應該在那裡。

來到之前看烏龜的水門，這個水門現在已經成為我跟大介的祕密基地了。一來到水門旁，我第一件要做的事就是，將腳踏車塞進旁邊的草叢裡藏起來，要是讓別人發現這裡有腳踏車，我們的祕密基地就會曝光。

（不知道大介在不在？）

我裝作若無其事的走到水門旁，往河裡看去。岸邊沒有烏龜，不過旁邊的水面有一個橘色的圓形浮標載浮載沉。

（大介在那裡。）

「咳咳！」我故意咳了兩聲，橋下立刻傳來同樣的回應。

「咳咳！」這是我跟大介之間的暗號。

我看了看四周，確定附近都沒有人之後，立刻撥開草叢，往水門下鑽去。

我問：「怎麼樣，今天有釣到魚嗎？」

大介一臉吊人胃口的表情說：「嘿嘿，還過得去。」

水門下面是連接家下川的溝渠，插秧時期會有灌溉用水流過，也具有排水功能，不過現在是乾涸期，所以溝渠裡完全沒有水。加上從大馬路方向看過來，這裡是視線死角，因此是最適合當祕密基地的地點。

我們的祕密基地還有很多吸引人的優點，第一個優點就是夠大。堤防下方是一個高度達兩公尺、寬度達三公尺的隧道，而且深度有八公尺。這麼寬敞的地方隨我們兩人想怎麼用就怎麼用，沒有比這個更令人開心的事情了。

此外，隧道正中間有一個兩公尺見方的水槽，水深達四十公分。剛開始我們都覺得很不方便，但後來才發現它另有用途。我們可以將從河裡釣上來的魚，暫時放養在這個水槽裡。

我們的祕密基地裡有一個魚槽，而且在這裡還能釣魚，最棒的是，完全不花一毛錢。這麼好的地點，就算在網路上搜尋也找不到，唯一的缺點就是，一下大雨，水就會淹進來。

我一走進隧道，就拿起原本放在那裡的釣竿，問大介：「你釣到什麼？」

「我釣到鯽魚，還有我不知道名字的小魚。」

「這不是平頷鱲嗎？」我指著其中一條魚問。

大介說：「不是，長得不一樣。」

我坐在大介身邊，開始釣魚。釣魚的第一件事就是掛魚餌，將蚯蚓掛在魚鉤上真是一件苦差事。因為蚯蚓會不斷蠕動，而且插入魚鉤時，蚯蚓的身體還會流出噁心的黃色液體。還記得我第一次掛魚餌時，就嚇得抓不住蚯蚓。不過，怕歸怕，要是沒在魚鉤上掛魚餌，永遠不可能釣得到魚。

我忍住噁心的感覺，掛好魚餌後，將釣線拋進河裡。

噗通！我的橘色圓形浮標在水面上漂動，跟大介的並排在一起。

時間靜靜流逝，通常釣魚時我們都不會說話。即使坐在一起，也不會看對方，而是望著同一條河，享受自在舒適的時光。

突然間，其中一個原本緩慢漂動的圓形浮標開始上下抽動。

我大叫：「阿大，有魚上鉤了！」

「嗯。」

大介的浮標受到魚的牽引，往上游移動。

「阿大，太好了！」我開心的叫著。

大介這次釣上的是一條二十公分左右的鯽魚。他俐落的取下魚鉤，往隧道中間的魚槽走去。

我最近迷上了釣魚。之前大介曾經為了讓我看香魚，還特地走到河裡面用網子撈給我看。說真的，家下川畢竟是條有排水用途的河道，就算我再怎麼想看香魚，也不可能自己走進河裡。

像這樣坐在寧靜的祕密基地裡釣魚，不僅輕鬆舒適，而且無論釣不釣得到魚，都能享受釣魚的樂趣。

沒多久，大介又釣到一條鯽魚。

我不禁稱讚他：「你好會釣喔。」

「嘿嘿嘿嘿嘿。」大介開心的笑著。

雖然我表面上看起來很平靜，其實內心有點焦急，我好想趕快釣到魚。

就在此時，我的浮標也開始動了起來。

「上鈎了！」收起釣線後，我看到一條從未看過的魚。於是我問大介：「阿大，你知道這是什麼魚嗎？」

「什麼樣的魚？我看看，嗯……我也不知道耶。」

其實我們對魚的名字並不是那麼熟悉。我們也曾經查過圖鑑，但河裡的魚顏色都很暗沉，身上也沒有明顯特徵，很難判斷是什麼魚。

我說：「好想知道牠叫什麼名字喔，你有認識熟悉魚的朋友嗎？」

「這個嘛……」大介歪著頭想。

「阿大，你爸爸熟悉魚嗎？」

「我爸只知道長野的魚，阿健，那你爸呢？」大介反問我。

「不行不行，他根本是外行人。到底有誰對魚很熟悉呢？」

我從這隻無名魚的嘴邊取下魚鉤，認真想想，這個魚槽裡有好多種魚類，說不定裡面就有從來沒有人看過的珍貴魚種。

後來我們又釣了一會兒魚，但從水面反射上來的陽光，將隧道入口照射得閃亮刺眼，也使得隧道裡愈來愈熱。

大介像是想起了什麼，突然開口問：「對了，阿健，你渴不渴？」

我說：「嗯，有一點。」

「告訴你，我發現了好東西喔，跟我來。」

大介說完就站了起來，要我跟他一起走，我還是搞不懂他要做什麼。

「你說的好東西是什麼啊？」我問。

「這是個祕密，先不告訴你。」

我不知道大介要帶我去哪裡，但我還是跟著他走。

大介往隧道裡走去，出來再沿著沒有水的溝渠一直走。由於這條貫穿整個田地的溝渠深度超過一公尺，因此外面沒有人看得見我們；同樣的，我跟大介也只能看到沒有盡頭的溝渠，以及抬頭才能看見的天空。

「這裡是哪裡啊？」我問大介。

「還用問嗎？我們在田裡面啊。從這裡右轉就是碾米廠，往這裡走就是二手車行。」

看大介熟門熟路的樣子，他一定經常走這條溝渠。

我又問：「阿大，你經常走這裡嗎？」

「有時候啦。」

「你真是個怪咖。」

「那有什麼辦法，只有走這裡才能接近小鳥，而且不會被牠們發現。」大介進一步解釋。

「你說謊。」

「什麼！你說我說謊？」大介突然爬出溝渠，左右張望。接著再往下跳到我前面，跟我說：「快來，往這裡走！」

大介就像忍者一樣，突然蹲低身體往前跑，我也只好跟著他跑。

我們沿著溝渠，連續右轉兩次之後，大介慢下腳步，半蹲下來，小聲對我說：「阿健，你有沒有看到前方十公尺左右的地方，插著一根木樁？」

「有。」

「那裡有一隻很大的鳥喔。」

「鳥？」

「你慢慢靠近牠，看清楚一點。你想抓的話，也可以抓牠。快去！」

大介在後方推著我，沿著溝渠往前走。我彎著身體，不發出任何聲音，安靜的走著。

（又不是在玩夾娃娃機，哪有那麼好抓的……）

雖然心裡知道鳥類不是那麼容易抓的動物，但如果能近距離看到鳥，我真的很想親眼看看。我懷抱著緊張的心情，一步步往前走。

不一會兒，我發現我已經走到木樁前方了。

我回頭看著大介，大介用手比一個方向，提醒我那隻大鳥的位置。我吞了一下口水，突然覺得好渴。

我們蹲在地上，我慢慢伸出頭來，慢慢的、慢慢的……突然間，我瞄到了白色大鳥的頸部，於是趕緊縮頭，很怕被發現。

（好近，好大一隻鳥！）

我離那隻大鳥太近了，近到只要我往前撲就能抓到牠，這樣的距離根本沒辦法觀察。我的心臟怦怦、怦怦的跳個不停。

（接下來要怎麼辦？是要慢慢探出頭去，還是一口氣往前撲，抓住那隻鳥……）

想了一會兒之後，我做了一個決定。

（反正到頭來那隻鳥都會飛走，不如撲撲看好了！）

我將腳掌抵在溝渠的牆壁上，準備好之後就奮力往上飛撲。

（看我的！）

正中目標！雖然我只是朝著農田的方向胡亂飛撲出去，但位置與距離都剛好精準無誤，那隻大鳥被我嚇得往前蹦跳，吧嗒吧嗒拍著翅膀，嘎嘎大叫飛走了。

我的手中還殘留著羽毛的觸感，四周還迴盪著大鳥揮動翅膀的吧嗒聲，那隻大鳥就這樣消失在天空中。

「阿健，真有你的，你有摸到那隻鳥嗎？有嗎？」大介開心的大叫著。

「我摸到了！我用這隻手摸到了！」我驕傲的伸出右手給大介看。

「你好厲害喔，我連摸都沒摸到。」

「那隻鳥好大喔，牠打開翅膀之後有這麼大耶！而且那隻鳥應該被我嚇到了，表情好誇張喔。我摸到牠的翅膀根部，那裡好硬喔，摸起來涼涼的……」我紅著臉，興奮的說著。

「可惡！好羨慕你喔，好好喔，我也要。我下次一定要摸到！」大介也不服輸的回應。

後來我們沿著原本的路往回走，一路上不停討論著那隻大鳥。

剛剛我們看見的大鳥應該是鷺鷥，換句話說，這附近的農田是鷺鷥這種漂亮鳥類的棲息地。鷺鷥通常會成雙成對的出現，遇到危險時，公鷺鷥會刻意採取大動作，吸引敵人注意，讓母鷺鷥趁隙逃走。此外，家下川還有一種小小的、藍綠色的鳥，名字叫翠鳥。翠鳥每次都會停在同一根樹枝上捕魚。

整段路程幾乎都是大介在說個不停，不過，聽大介說話很有趣，因為他說的話都不是從書本或電視裡看來的，而是親眼看到或經歷過的事情。不只有臨場感，也讓我覺得「有一天我也能有同樣的經歷」。

我們繼續沿著溝渠走，來到一旁的農舍，大介說：「阿健，我們到嘍。」

「這裡以前不是有豬圈嗎？」我回想著。

「你看那個！」沿著大介手指的方向看去，有一棵夏橙樹。黃色的夏橙點綴在茂密的深綠色樹葉之中，看起來鮮豔欲滴。

「那是……」我沒想到這裡竟然會有夏橙樹。

「那顆樹結出來的夏橙都沒有人採收，每年熟了之後就會掉在地上。」

「那……你要偷採嗎？」我問大介。

「什麼偷採，說話這麼難聽，是要摘下來吃。」大介繼續鼓吹。

「那還不是一樣。」

我其實有點猶豫。如果只是普通的惡作劇，那還可以接受，但偷採水果是一種偷竊行為，要是被抓到，那會很丟臉，比銀行搶匪更丟臉。

可是，大介完全沒顧慮到我的心情，他爬出溝渠，往夏橙樹走去。

（怎麼辦……好吧，管他的呢！）

我決定豁出去，跟著大介的腳步爬出溝渠，緊追在他後面。

我們從農舍後方繞到夏橙樹下，聞到了一股柑橘類水果的淡雅香氣。

「真的要偷採嗎？」我還是忍不住開口問。

「摘一顆，一顆就好。來選一顆好吃的吧！」大介還是像以前一樣我行我素，但我很擔心被別人看到，忍不住四處張望。

「阿健，你這樣四處張望的樣子真的好像小偷喔。」

（喂，你在說什麼，就算沒有四處張望，我們做的事還是跟小偷沒兩樣啊！）

這時，農舍那邊竟然有人開口說話：「你們是哪家的小孩啊？」

我大感不妙，頭上像是孫悟空被施展緊箍咒一樣，突然痛了起來。

「我說你們，到底是誰家的小孩？」我們一回頭，就看到一位身穿工作服的大嬸站在那裡。

那位大嬸一直盯著我們兩個的臉看，要是現在逃跑，我們應該有機會逃掉。不過，要是這位大嬸找到學校裡來，那就不好辦了。

正當我不知道該怎麼辦的時候，大介突然開口說：「我是住在國江町的新見大介，請問可以給我一顆夏橙嗎？」

「喔，原來是剛搬來的新見家的小孩啊！好啊，你們想吃多少就摘多少去吃吧。」大嬸爽快的說。

「真的可以嗎？」大介再次問。

「反正也沒人吃，那些夏橙連鳥都不吃。」那位大嬸一說完，就轉身走回農田裡去了。

「謝謝大嬸。」大介大聲的道謝。

（原來是大介認識的人啊，嚇我一跳……）

我不由得鬆了一口氣，放下心來。

於是我跟大介一人摘了一顆夏橙，坐在溝渠邊上。我剝著厚厚的果皮，一邊說：「阿大，你好奸詐喔。」

「什麼意思？」

「你明明就認識那位大嬸，幹麼不先說？害我以為我們真的要偷採夏橙，嚇死我了。」

大介看著我不發一語。

「你認識那位大嬸吧？」看了大介的反應，我又問了一次。

「不認識，我從來沒見過她。」

「不會吧……」

「真的，我是第一次見到她。還好那位大嬸很親切，真是太幸運了。」大介笑著說。

我真的是太驚訝了，驚訝到說不出話來。不，與其說驚訝，應該說是太佩服了！我想一般人應該沒辦法如此大方的跟第一次見面的人介紹自己，還跟對方要東西吃吧？至少我做不來。大介在處理這類事情的態度上與我明顯不同。

「嗯！好好吃喔！」大介吃了一口夏橙，開心的說。

我也立刻咬了一口。「哇！好、好酸啊！」沒想到夏橙這麼酸，這根本不能吃吧！

「會嗎？我吃一口。嗯，很好吃啊！」大介吃了一口我剝的夏橙，直說好吃。他的反應出乎我的意料，原來每個人的味覺有這麼大的差異啊！

我問大介：「沒想到你這麼愛吃，你不覺得酸嗎？」

「夏橙本來就是酸的啊。」

「可是也要看有多酸啊，像這樣的酸度，一百個人裡面，會有九十九個人都說酸。」

「是這樣嗎……不，我不認為。」大介一點也不示弱，我們就這樣爭論了好一會兒。

最後，大介說出令我驚訝的話來。

「好，我知道了，那就這樣吧。我們拿這個夏橙去給班上同學吃，這樣就知道夏橙酸不酸了。」

（大介提出的方法是很好，不過，要怎麼做呢……）

就在此時，我想到了一個好方法。

「我有一個好點子，不如我們拿夏橙去戲弄同學如何？」

「戲弄同學？」大介問。

「我們來玩一個無聊的惡作劇，將夏橙切成小塊，偷偷加在營養午餐裡給同學吃。」我將自己的想法說給大介聽。

「只針對我們班上同學？」

「沒錯。」

「好像很好玩的樣子，大家發現營養午餐多了一道水果，一定會很開心。」

「笨蛋，大家一吃夏橙，就會酸到大叫了。」於是，這個無聊的惡作劇就這麼定案了。

後來我跟大介又摘了十顆夏橙，向大嬸道謝後，回到我們的祕密基地。雖然夏橙還很硬，但卻從大嬸給我們的布袋中，不斷飄散出宜人的香味。

到了第二天——

計畫已經準備妥當。前一天我跟大介先將夏橙藏在學校理科教室後方的空地上，今天再趁著第二節下課的休息時間，將夏橙拿到理科教室裡。

我們拿出美工刀，將所有夏橙切成四等分。切成四分之一的夏橙，看起來就像是營養午餐會供應的水果。最後，我們將所有夏橙放進一個大塑膠袋裡，藏在理科教室的櫃子裡面。

「太完美了。」大介說。

「接下來只要將夏橙放進裝麵包的箱子裡就可以了，絕對不能失敗喔！」我又叮嚀了一次。

「ＯＫ！」

我們兩個既緊張又興奮，臉上浮現出惡作劇的表情。

當上午第四堂課的下課鐘響起時，我跟大介第一個衝出教室。我們必須趕在廚房擠滿人之前，完成前置作業才行。

我跟大介說：「我去理科教室，你去廚房。」

「好，我會先搶一個裝麵包的箱子，等你過來。」

我們在走廊上分配好工作，分頭行動，最後在廚房會合。然後趁著沒有人注意，偷偷將夏橙放在麵包箱子的最底層。

「幸好來得及。」

「我的心臟都快跳出來了。」

計畫完成後，我們兩個裝作一副若無其事的樣子回到教室，假裝不知情的暗地觀察其他同學的反應。

穿上白色工作服的午餐值日生忙著分配餐點，其他同學則排成一列，等著拿營養午餐。今天的菜色是肉醬義大利麵、涼拌蔬菜、炸白身魚，午餐值日生一一將料理舀到同學的盤子裡，接著再放上麵包、牛奶以及夏橙。

我跟大介跟著大家一起排隊，不過，當我們餘光瞄到彼此的臉時，都要拚命忍住快噴出來的笑意。

大介看到我的滑稽模樣，對我使出一個惡作劇的笑容，刻意大聲驚呼：

「哇，今天有我最愛吃的夏橙耶，好幸運喔！」

他的動作實在是太誇張、太好笑，我快要忍不住了。

「大笨蛋，這樣會被發現啦！」

「嘿嘿嘿。」

看著大介的笑容，我小聲的說：「阿大，你要仔細看喔，大家一定會因為太酸而不吃夏橙。」

「才不會呢，大家一定會說很好吃的。」

我們小聲說著悄悄話，安靜的回到座位上。

「同學們，請雙手合十。大家開動——」

「我要開動了。」

午餐值日生的指令打斷了我們的悄悄話，同學們紛紛吃起了營養午餐。

每個同學的盤子上都放著牛奶、麵包、主菜料理以及鮮豔欲滴的夏橙。夏橙是很適合出現在營養午餐的水果，因此班上同學沒有人懷疑它的存在。

我跟大介不斷環顧教室，仔細觀察大家的反應。不過，由於大家吃飯都有一定的順序，沒有人一開始就吃當成飯後水果的夏橙，於是我們只好暫時不管夏橙的惡作劇，專心吃飯。

不久之後……

「好酸！」有位同學大叫。

「這是什麼啊，也太酸了吧！」

教室裡開始發出此起彼落的哀叫聲，看到這樣的景象，我偷偷在心裡竊笑。於是我看著大介，向他比了一個勝利手勢。大介則歪著頭，不明白為什麼會有這個結果。

同學們還在苦叫中——

「好酸喔。」

「唔！太酸了，我受不了。」

（太好了，看樣子是我贏了。）

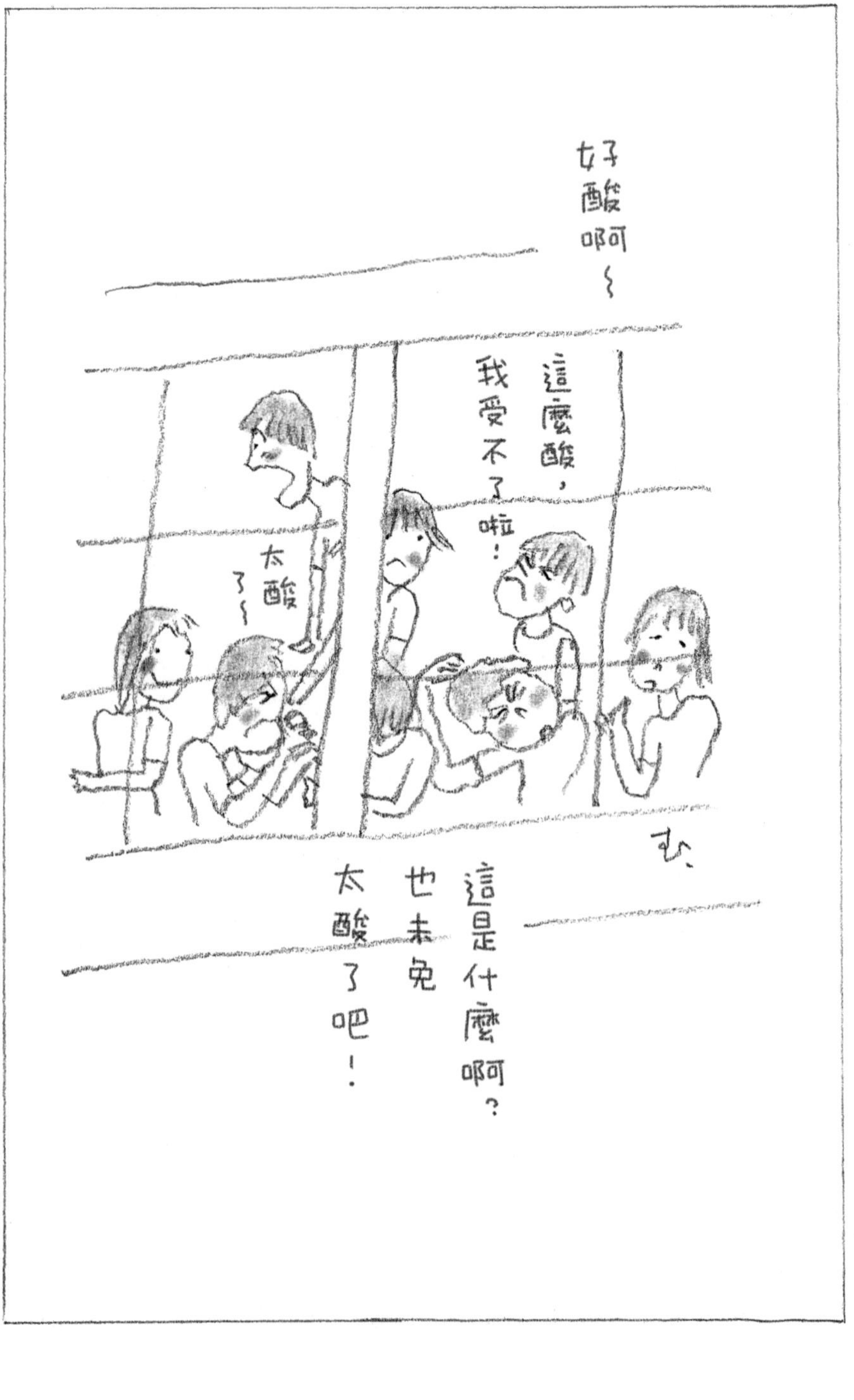
好酸啊～
這麼酸，我受不了啦！
太酸了～
這是什麼啊？也未免太酸了吧！

此時我已經確定勝利女神在向我微笑。

（這世上怎麼可能會有人覺得那麼酸的夏橙好吃呢？）

看到教室裡吵吵鬧鬧的模樣，老師也忍不住站起來制止。

「安靜，同學們安靜一點。夏橙雖然很酸，但是它有很豐富的維他命C，對健康很好，大家一定要吃光喔。」

「不會吧！」

「對了，維他命C還能養顏美容。想要變漂亮的女同學，一定要多吃喔。」

老師說完後還做了一個鬼臉，惹得全班嘻嘻大笑。

不管老師說什麼，就算夏橙能讓人變美、變健康，酸的水果就是酸。教室裡還是不斷發出同學們哭喊「呃，真的好酸喔——」的聲音。

不過，我也聽到有同學這麼說：

「沒想到夏橙還滿好吃的嘛！」

「我喜歡吃酸的，太好了。」

「我每次上完網球課後，一定會吃檸檬。」

「哇——你整顆吃下去耶，太厲害了——」

這兩個愛八卦又高傲的女同學是優子和里美。她們一邊說著，還向其他同學要夏橙來吃。她們似乎認為敢吃酸的東西是一件很酷的事情，這樣做很時髦，也很成熟。

（可是，這是連鳥也不吃的夏橙耶，呵呵呵。）我竟然會因此感到開心，我在意的點還真奇怪。

不過，好玩的事就是好玩，我也沒辦法控制，這就是惡作劇的本質。雖然夏橙很酸，但惡作劇的味道就像蜜一樣甜。

那天的營養午餐就這麼結束了，我跟大介的惡作劇也順利成功。

仔細想想，惡作劇成功的要素就是要引起騷動。要是沒有人發現今天的夏橙是我跟大介的惡作劇，那麼我們只能算是偷偷幫營養午餐加菜的好心人而已。雖然很難為情，但我們一直希望能有人早點發現這是一場惡作劇。

午休時間結束後，終於有人發現這是一場惡作劇了。

原本在操場玩的幾名同學，氣喘吁吁的跑回教室，大聲說：

「不好了，今天中午只有我們班上的營養午餐有夏橙耶。」

「沒錯，我聽說其他班級都沒有呢。」

「不會吧！」

「我們也太幸運了吧！」

「笨蛋，這樣太恐怖了。」

「可是……為什麼只有我們班有呢？」

「該不會今天吃的夏橙有毒吧？」

「別亂說，我可是吃了一堆耶！」

這場惡作劇被揭穿的同時，竟演變成一場懸疑事件。同學們懷疑夏橙裡有毒的猜測，完全超乎我們的想像，也讓這場惡作劇一發不可收拾。

原以為傳言會愈演愈烈，逼得學校報警，讓警察來學校蒐證調查，或者是會驚動新聞台的記者來採訪，結果竟然只是在放學前的例行班會上進行調查而已。不過，不管怎麼調查，午餐值日生都不知道那袋夏橙從哪裡來，又是以什麼方式混進營養午餐裡。

只要我跟大介不說，就沒有人會知道這場惡作劇是誰做的。

「這是一件詭異的懸案！」

「到底是誰做的呢？」

由於同學們議論紛紛，從那一天起，夏橙事件在教室裡喧騰了一個星期。直到最後這個事件被冠上了新的名稱，演變成另一種型態，才悄悄落幕了。

夏橙事件後來被冠上傳說之名，人稱「六年一班夏橙傳說」。

5

夏葉與大蚯蚓

這一天的午休，我在學校遇到了一件麻煩事。

「健太同學。」我在操場上玩，杉本夏葉出聲叫住了我。

自從上次在圖書館巧遇夏葉之後，她就沒再跟我說過話。我知道當時我對她說話的態度很差，雖然很介意，卻從來沒向她道過歉。

「健太同學，請等一下。」

「你找我嗎？」

「我有一件事想問你。」夏葉一副慎重其事的模樣說。

我靜靜的看著她，內心噗通噗通的跳。被夏葉這樣叫住，相信每個男同學的心裡都會小鹿亂撞。

我避開夏葉的目光，看了一下足球門，鎮定的說：「你想問我什麼事？」

「在營養午餐裡偷加夏橙的人是你吧？」

「你說什麼！」突如其來的這句話，讓我的心臟都快跳出來了。

（她怎麼會知道？我們不可能留下證據的啊！）

我拚命維持表面的平靜，不過，夏葉又自信滿滿的再問一次：「是你做的，對吧？」

我有點粗魯的回答：「我、我不知道，你有證據是我做的嗎？」

夏葉看到我的反應，了然的笑著說：「你心虛的樣子就是證據。」

「這算哪門子證據……」我還想辯駁。

「這樣還不算是證據嗎？」

「那是當然的啊，真是胡說八道。」我盡力維持鎮定，想要蒙混過去。

不過，夏葉還是繼續追問：「……我看到了。那天你跟大介同學在吃營養午餐之前，曾經慌慌張張的跑出教室。如果只有你一個人，那還說得過去，但就連平時慢吞吞的大介同學都急著往外跑，我認為這事情不單純，一定有問題。」

（怎麼辦……她連大介都知道了……）

我的腦中一片混亂，完全想不出辦法來。

夏葉繼續勸說：「跟我說實話吧，我還沒告訴別人喔。」

「是你想太多了啦。」我還是嘴硬不肯承認。

「是你們的行為太不尋常了。」

「那只是湊巧而已，沒錯，只是湊巧而已。」

「你們一定有問題。」無論我如何辯駁，夏葉都不相信我。再這樣下去，我們做的事一定會曝光。

「我還有事，不跟你說了。」我一說完轉身就跑。

夏葉在我身後大聲問：「你什麼時候還要去家下川？」

「你說什麼？」我頓了一下，回頭看她。

（為什麼她連家下川的事都知道？）

我認為在沒有心理準備的狀況下，繼續跟她說下去的話，後果可能無法預料，最後我選擇當場逃走。

放學後，我將大介約到屋頂上，跟她說了夏葉的事。

「阿大，怎麼辦？被夏葉那傢伙發現了。」

「……」大介不發一語。

「夏葉那傢伙有很多朋友，她一定會跟所有人說的。」

「……」大介還是不說話。

「而且老師一定會相信夏葉說的話，慘了，這下真的慘了。」

「……阿健……」剛剛一直沉默不語的大介，開口說話了。

「什麼？」

「剛剛夏葉有來找我。」

「真的嗎？然後呢？」

「她要我帶她去家下川……」

「她怎麼會知道我們在家下川玩的事情？」關於這一點，我還是想不透。

「她說她看過我們在河裡玩的樣子……可是，如果不帶她去家下川，她說她要將我們在營養午餐裡偷加夏橙的事情說出來……」

「可惡！竟然敢威脅我們！」我生氣的說。

「而且她還說，下次我們要惡作劇時要跟她說一聲。」

「那是什麼意思？」

「你也覺得莫名其妙，對吧？」大介也一頭霧水。

「是啊……」

（夏葉為什麼要我們帶她去家下川玩呢？為什麼要我們告訴她什麼時候要惡作劇呢？）

我想破頭也搞不清楚夏葉到底在想什麼。

「對了，阿大，那你怎麼跟她說？」

「嗯……夏橙的事情我當然是裝傻混過去了，不過，她說想跟我們一起去家下川玩……」

「所以你就同意了？」

「嗯……哎喲，她都說想跟我們一起玩了，我沒辦法拒絕啊！而且明天是假日，她說下午想去家下川玩。」

「……」我不知道該說什麼，我的心情很複雜。我能理解大介的想法，讓夏葉跟我們一起玩也不是一件壞事。只不過……我不清楚夏葉到底在想什麼，所以感到很不安。

（夏葉那傢伙可是模範生耶，幹麼要跟我們一起玩……難道她有什麼目的嗎？）

我沒辦法樂觀看待這件事，大介看到我深思的模樣，覺得很過意不去的說：

「阿健，我是不是做錯了？」

「不，你沒做錯……我知道你也沒有選擇。我只是很擔心，我不知道夏葉那傢伙到底想做什麼。」

「說得也是……不過，我很懷疑夏葉敢走到河裡去，她敢走進草叢裡嗎？我猜，她可能連蚯蚓都沒拿過吧？」

（大介說得對。我不認為夏葉敢拿蚯蚓，這樣還說要跟我們當朋友？她是個模範生，而且還是女同學，怎麼會想跟我們玩呢？）

就在此時，我想到了一個好點子。

我對大介說：「我想到一個好點子，為了讓她保守夏橙的祕密，我們就如她所願，帶她去家下川玩吧。」

大介遲疑的說：「真的可以嗎？」

「是她自己要我們帶她去河裡玩，她一定會覺得無聊的。再說，想要釣魚就一定要用手拿蚯蚓，到時候她就會打退堂鼓了。」

「對耶！不過，這麼做有點壞心耶。」

「哪有壞心？要不要跟我們玩，全看她自己的決定。」

我跟大介說好之後，就等著明天的到來。

第二天出門時，我的心情和往常不同。若要說有什麼不同，我也說不清楚，但今天夏葉要跟著我們去家下川玩，就覺得今天不太一樣。我比以前更用力的踩著腳踏車，往家下川騎去。

到了水門下方之後，我趕緊跑到祕密基地去。

（大介還沒來啊……）

看著空蕩蕩的祕密基地，我發現大介還沒來。定睛一看，祕密基地裡放著兩個黃色塑膠箱子。

（那個箱子是什麼？）

不一會兒，大介從堤防上大叫：「對不起，對不起，我來晚了。」

大介手裡抱著另一個塑膠箱子，匆匆忙忙的跑下堤防。

我問大介：「這些箱子是做什麼用的？」

大介說：「我在擺放建築材料的空地那裡看到這個，就拿過來用了。這些箱子可以當椅子坐，很好用喔。」

「椅子？喂，沒必要因為夏葉要來就特別顧慮她吧。」

「不是這樣的，只是剛好那裡有三個，我就拿過來了。」

「最好是這樣啦。」我不知道事實是不是真的像大介說的那樣，但我暫時不想追究。話說回來，大介拿來的塑膠箱子真的很好用，既可以當椅子坐，多出來的箱子還能當桌子用。

我們一如往常的開始釣魚，一邊等著夏葉的到來。

大介開口說：「我今天帶來的蚯蚓很驚人喔！」

「什麼意思？」

「你看！」大介拿出兩個罐子。

我問：「為什麼有兩個罐子？」

「一個是我們平常用的紅蚯蚓，另一個是大蚯蚓。」

「大蚯蚓？」

我打開蓋子一探究竟。罐子裡放著鬆軟的泥土和碎稻桿，我想也沒想的就用手指挖開泥土。輕輕挖開泥土後，看到一堆閃著藍色光芒的大蚯蚓。

「哇！」我不禁大叫出來。這些蚯蚓竟然跟我的小指一樣粗，長度還超過二十公分。

「哈哈哈哈，阿健，你怎麼還會被嚇到啊，太遜了吧。」大介看到我的反應，忍不住嘲笑我。

（原來這是大介拿來嚇夏葉的啊！）

「不管怎麼說，阿大，你真厲害，竟然找得到這麼大的蚯蚓。」我真的很佩服大介。

「這是我在學校農場找到的，堆肥場那裡有很多喔。」

大介的話提醒了我，之前打掃時我就看過好幾次這種大蚯蚓了。但是當時我對蚯蚓一點興趣也沒有，所以沒有放在心上。

「話說回來，這麼大的蚯蚓可以釣魚嗎？這個體型比我們平常釣的魚的嘴巴還大耶。」我說出了我的疑問。

「當然是不能釣小魚嘍，這種大蚯蚓只能釣鯉魚或鯰魚那種大型魚。」大介邊準備用具邊解釋。

「只能釣大型魚啊。不過，大型魚很難釣吧。」

「你幹麼滅自己威風啊？你忘了之前我們曾經用吐司邊釣到大鯉魚嗎？」

大介說得沒錯，當時我們的確輕輕鬆鬆就釣到鯉魚了，但是我很清楚釣魚不是這麼簡單的事情。

我們那個時候釣到的鯉魚，是大介花時間餵養，等鯉魚習慣吃餌之後才釣到的；這跟養在庭院裡的鯉魚一樣，習慣人類餵養的鯉魚，一旦肚子餓，看到食物就會撲上來。換句話說，那是特殊情形，無法適用在所有魚類上。我在這裡釣過好幾次魚，慢慢體會出這個道理。

大介接著說：「不過，今天的目的就是要釣不到魚，不是嗎？」

我回答：「嗯，說得也是。」

沒錯，今天的目的是要讓夏葉拿噁心的蚯蚓，讓她覺得釣魚是一件無聊又浪費時間的事情。

就在此時，有個女生的聲音從我們的頭上傳來。

「大介同學、健太同學。」夏葉來了。

我假裝沒聽到她的呼喚，仍舊自顧自的組裝釣竿；大介則向夏葉揮了揮手。

夏葉走下堤防，擦了擦汗說：「對不起、對不起，我找了好久才找到這裡。」

夏葉今天打扮很不一樣，她穿著藍色T恤和牛仔短褲，身上背著一個白色大布包。她平常上學時都穿襯衫搭配裙子，我看了有點驚訝。可能是因為穿著不同，也可能是因為地點不同，夏葉今天的感覺看起來很不一樣。

夏葉說：「欸，你們在釣魚啊。」

我還是不理會夏葉，繼續組裝釣竿，我決定在不得罪她的狀況下，當她不存在。大介來回看著我和夏葉，最後蹲在我身邊。我猜想他是顧慮到我的心情，想讓我知道他站在我這邊。

大介同學
健太同學

大介問：「你有粗一點的釣魚線嗎？」

我說：「在那個箱子裡。」

「魚鈎呢？」

「這個給你。」我跟大介一來一往的對話著，將夏葉晾在一邊。

如果是善於察言觀色的男同學，一定會找夏葉感興趣的話題聊，跟她分享釣魚的樂趣，幫她將蚯蚓掛在魚鈎上。很可惜，我不是那麼貼心的男生。

夏葉什麼話也沒說，她將白色包包放在塑膠箱子上，就這樣站在一邊，默默的看著我們。

（夏葉到底想幹麼？）

我一直在猜測夏葉來這裡的目的。

（夏葉是個養尊處優的大小姐，心裡一定很看不起我們坐在雜草叢後方的水門裡釣魚的行為。而且她在班上很受歡迎，每個男同學都想要討好她。只要我們不跟她說話，就一定會惹她生氣。）

下定決心之後，我從頭到尾都沒抬起頭，專心組裝釣竿，因此我沒看見夏葉的表情。我猜想我們都不理她，她一定不知道該怎麼辦吧。

夏葉就在我們身邊晃來晃去，獨自往水門隧道裡走去。

等到看不見夏葉身影後，大介小聲的對我說：「剛剛好緊張喔。」

「嗯……」

「我們都不理她，這樣好嗎？」

「這個嘛……」我自己也拿不定主意。

大介接著問：「要不要讓夏葉釣魚？」

我沒有回答這個問題。其實我也不知道應該怎麼辦，說我心機重也好，我決定將接下來的事情全都交給大介。

於是我開口說：「大介。」

「什麼事？」

「夏葉就交給你了。」

「你說什麼……」大介嚇了一跳。

我相信大介比我會處理這種情形，他可以不在意別人的想法，若無其事的與對方說話。與其說這是大介的個性，我認為這是他與生俱來的天分。

大介搔著頭對我說：「真傷腦筋……」

我回他：「反正你不要太關照她就好了。」

我真是過分，明明是我比較想要討好別人，還說這種話。不過，大介不以為意的說：「這樣啊……嗯，好吧，管他的。」

我真的好羨慕大介這種爽快的個性。

結束與大介的對話之後，我在大魚鈎上頭，使用了與以往不同的大蚯蚓。大蚯蚓的體型真的很大，而且蠕動得很厲害，老實說，看起來真的很噁心。不過，我不會就此退縮，默默的將魚鈎刺進大蚯蚓的身體裡，然後將釣線拋進河裡去。

大介一直回頭望向隧道深處，看來他很擔心夏葉的狀況。

過沒多久，夏葉走回我們身邊來，說：「呼——這裡好好玩喔！」

我背對著她，繼續釣魚。

大介問她：「哪裡好玩？」

夏葉回答：「這裡真的太棒了，空間又大，採光又好，而且還很安靜。」

大介開心的說：「真的嗎？你真的這麼想嗎？」

「是啊，有一種河畔別墅的感覺。」

「有別墅的感覺嗎？」

（喂，阿大，你在感嘆個什麼勁啊？這是場面話，場面話你懂不懂？）

夏葉接著說：「我有帶自己做的點心過來，待會來吃點心吧！」

大介興奮的回應：「好啊。我要吃，我要吃！」

（阿大，你這傢伙！這麼開心做什麼？）

「那是我自己烤的蛋糕，可能不是很好吃。」

「什麼？你會烤蛋糕？好厲害喔！我只會泡麵而已。」

「呵呵呵。」夏葉開心的笑著。

（喂，大介，雖然我把夏葉交給你處理，但沒說要你跟她當好朋友啊！）

大介像是想起了什麼似的說：「對了，夏葉，你要不要釣魚？」

（很好很好，這樣就對了。讓她嘗一嘗大蚯蚓的威力！）

夏葉驚喜的問：「真的可以嗎？」

「當然可以啊。我還特地多帶一組釣竿，就是要讓你釣釣看。不過，你要自己掛魚餌喔。」

（太厲害了，阿大！說得真好！）

我不動聲色的回過頭，觀察夏葉的反應。

夏葉好奇的問：「魚餌？是什麼啊？」

「是這個。」大介拿起裝著大蚯蚓的罐子，往地上一倒，剛剛看到的那些大蚯蚓就這樣隨著泥土噗通的全掉了出來，在水泥地上扭來扭去。

「啊！」夏葉一看到大蚯蚓就放聲尖叫，雙手抱在一起，一臉驚嚇的樣子。她的反應完全在我們的預料之中。

（呵呵呵，這個世界上沒有一個女孩子不怕大蚯蚓。）

大介趕緊道歉：「對不起，你怕蚯蚓嗎？」

（笨蛋，有什麼好道歉的？）

「……」可能是受到太大驚嚇，夏葉一直不說話。

不一會兒，大蚯蚓開始在被太陽照得發燙的水泥地上，劇烈蠕動著。蚯蚓很怕熱，拚命想要逃到陰涼處，於是大介將那些大蚯蚓一隻隻抓回罐子裡。

我看到大介在抓蚯蚓，開口問：「阿大，要不要幫忙？」

大介說：「沒關係，阿健，我自己來就可以。」

夏葉還是一臉驚嚇的樣子，低著頭一動也不動。

我一轉頭就看見有一隻大蚯蚓落單，朝著夏葉的腳邊前進。只見牠離夏葉愈來愈近、愈來愈近，五十公分、四十公分、三十公分……一直接近到十五公分時，我注意到夏葉穿著粉紅色球鞋的腳往後抬起。

我本來以為夏葉是要往後退，沒想到她直接用腳將大蚯蚓踢開。接著她又摘下一片垂掛在水門上的葛葉，走到大蚯蚓前面蹲了下來，開口說：

「大介同學。」

「嗯？」

「健太同學。」

「……」我不想回應她。

「不在魚鉤上掛蚯蚓，就不能釣魚了，對吧？」

「……」我跟大介默默的看著她。

「……既然如此，我也只有拚了。」夏葉一說完就將葛葉蓋在大蚯蚓上，用手捏起大蚯蚓。葛葉根本遮不住大蚯蚓，只見大蚯蚓不斷蠕動身軀，但夏葉完全不為所動，反而一臉驚奇的觀察著大蚯蚓。

大介看到夏葉的表現十分驚訝，瞪大眼睛的說：「夏葉，你好勇敢喔！竟然敢抓蚯蚓。」

「嘿嘿，我很勇敢吧！我是第一次抓呢。」夏葉也開心的回應。

「好勇敢，你好勇敢喔，我對你刮目相看了。很好，接下來就把蚯蚓掛在魚鉤上吧。」

「好。」

「將魚鉤插進蚯蚓的身體裡，要一口氣插進去喔。」大介仔細說明掛魚餌的方法。

「啊，好恐怖，牠流出噁心的液體了啦！」夏葉大叫。

「不要怕、不要怕，蚯蚓是由液體構成的。」

「你在說什麼啊？哈哈哈。」

夏葉與大介笑得很開心，我在一旁默默看著他們的互動。

我看得出來，夏葉雖然在笑，但是她的表情很僵硬，只不過是硬逼著自己笑出來罷了。

大介不一樣，他是真的很開心，而且是打從心裡感到高興。他現在的表情，就跟當時與我一起釣到大鯉魚所展現的笑容一樣。

我大概可以猜到大介開心的理由，因為我曾經跟他一起擁有開心的回憶。共同創造的開心回憶，比花時間溝通更能有效建立彼此的信任感。

（看到夏葉拿著大蚯蚓的樣子，我的心裡似乎也感到一絲欣慰……）

在這一刻，我也察覺到自己的內心變化。

6 迷失自我

太陽高掛天空，普照大地。我、大介和夏葉，三個人並肩坐在太陽底下。我們的腳邊都放著一支釣竿，呆呆的望著釣竿前方。

「阿健，有魚上鉤嗎？」大介問。

「沒有，一點動靜也沒有。」

過了這麼久，到現在一隻魚也沒釣到。不過，會這樣不是沒有原因，今天我們都在大魚鉤上掛著大蚯蚓，還使用了大鉛錘。照理說，我們應該能釣到大魚才對，但這個世界並沒有那麼簡單。

「我還是換回小魚鉤好了。」大介喪氣的說。

「嘖，你這個沒毅力的人。」

「嗯——好吧，那我再努力一下。」聽到我數落他，大介又回心轉意了。

原本是為了讓夏葉覺得無聊而使用大魚鉤，沒想到我們竟然開始覺得無聊，真是沒用。

夏葉好奇的問：「換魚鉤是什麼意思？」

大介回答：「換成小魚鉤，掛上小魚餌，就能釣小一點的魚了。要釣不同大小的魚，要使用不同形狀和尺寸的魚鉤，也要用不同的魚餌。」

大介的細心解說，讓原本對釣魚一無所知的夏葉，聽得津津有味。

「是喔，原來魚鉤還有不同大小啊，我都不知道。不過，比起釣小魚，釣大魚比較好玩，對吧？」夏葉又問。

「不一定喔，釣小魚也很好玩。說實在的，小魚比較好釣，樂趣也比較多。不僅可以釣到很多條，還能釣到各種不同的魚。」大介回答。

（大介，你這個笨蛋！不要說這些有的沒的。）

夏葉接著說：「這樣啊——沒想到釣魚還有這麼多學問。大介同學，你釣給我看，換上小魚鉤，釣很多魚給我看嘛！」

「這個嘛……」大介轉頭看我，大概希望我能救他一把。

我靈機一動，開口說：「釣大魚比較有成就感，再說，我們是為了你才裝大魚鉤的。」

「真的嗎？沒想到健太同學這麼為我著想。」夏葉驚喜的說。

（喂，不要誤會我的意思！）

「你總是酷酷的，原來心地這麼善良。」

（誰來救救我啊。）

「呵呵呵。」大介忍不住笑了出來，我轉頭瞪著大介。

「咦？大介同學，我說的話很好笑嗎？」夏葉看到大介的反應，不禁開口問。

「嗯？沒有。就是……其實我是在笑你現在才發現。雖然阿健外表看起來很嚴肅，其實他內心很善良的。呵呵呵。」

（還起鬨！大介這傢伙，我絕不饒你！）

我咬著牙狠狠的瞪著大介，不發一語。

就在此時，夏葉的釣竿前端開始出現動靜。

「夏葉，快握住釣竿！」我跟大介同時叫了出來，夏葉驚慌的連右手也伸出來握緊釣竿。

大介提醒夏葉：「當我說好的時候，你就立刻拉起釣竿。」

「好。」

「不能拉得太用力喔！」

「線也不能放太鬆喔！」我跟大介你一言，我一語的說著。

「什麼？那我到底要不要用力拉？我該怎麼做？」夏葉聽不懂我跟大介說的話，忍不住大叫。只見釣竿前端抽動得愈來愈厲害。

「好，現在往上拉！」大介下令。

「嘿咻！」夏葉聽了立刻往上拉起釣竿。

整支釣竿彎出大大的弧度，從這一點即可判斷，夏葉真的釣到魚了。

「怎麼辦？我現在該怎麼辦？」夏葉慌張的問。可是，我跟大介現在任何忙都幫不上。當魚上鈎時，只能由握竿的人慢慢的將竿子拉起來。於是夏葉開始戰戰兢兢的將魚拉上岸。

我跟大介的注意力都放在魚鈎上，我們都迫不及待的想知道她釣到什麼魚，因此根本沒在管夏葉。幸運的是，夏葉釣到的魚並沒有劇烈反抗，而是平靜的浮上水面。

「哇，是烏龜！」那是一隻像紅豆麵包一樣大的石龜。

「不會吧！哇，好可愛喔！」夏葉也開心的大叫。

下一刻，烏龜就噗通一聲潛下水面，往河裡游去。

「啊——我不甘心！怎麼會這樣？我不是釣上來了嗎？為什麼又跑掉了？」夏葉不甘心的神情看起來真的好孩子氣。

大介對著直跺腳的夏葉說：「你的魚餌太好吃了，你看！」

我們仔細看大介手裡拿著那個夏葉使用的魚鈎，原本掛在魚鈎前方的大蚯蚓被撕裂了。換句話說，烏龜並沒有真的上鈎，而是在嘴裡咬著大蚯蚓的狀態下，浮出水面。

「討厭啦——我不甘心！」夏葉還是懊惱的叫著。

「對不起，我的指令好像下太快了。」大介也感到很氣餒。

「你的意思是再多等一會兒，就能釣到了嗎？」

「嗯……」

「這樣啊……咦？不對，如果我再多等一會兒，那隻烏龜就會咬到魚鈎了，不是嗎？」

「是啊。」大介很自然的回答。

「這樣烏龜不會痛嗎？應該會痛吧，這樣好可憐喔……」

「應該是會痛吧，可是釣魚就是這樣啊……」大介從來沒想過夏葉問的問題，所以看起來很困惑。

（要是想到這一點，就不用釣魚了。女孩子就是女孩子，同情心動不動就泛濫了起來。）

雖然剛剛還在可憐烏龜，但夏葉又抓起了一隻大蚯蚓，並對大蚯蚓說：「我相信你應該也覺得很痛吧？可是，我還是得將魚鉤插在你身上。」

大蚯蚓順利掛上魚鉤，我跟大介互看了一眼。對於夏葉這個意料之外的舉動，我們都驚訝到說不出話來。

在這之後的三十分鐘，依舊沒有任何魚上鉤。我們三個決定休息一下，一起吃夏葉準備的點心。

夏葉將其中一個塑膠箱當成桌子，在上面鋪了一塊淡紫色的花朵圖案午餐墊，再放上粉紅色紙杯，以及放在籃子裡的杯子蛋糕。

「好棒的點心喔！」大介從剛剛就不斷睜大眼睛大喊「好棒喔」，我也覺得很興奮。那些就像是出現在少女漫畫裡的時尚點心，與這個稍嫌寒酸的祕密基地，極度格格不入。

（每個女孩子都會這樣嗎？）

我跟大介之前在這裡吃過的點心，頂多只有起士條以及巧克力棒而已。

「好了，大家開動吧。」夏葉將水壺裡的果汁倒在紙杯裡，對著我們說。

現在這種感覺真令人興奮，我轉頭一看，發現大介竟然跪坐在桌子前。

「哈哈，你在緊張個什麼勁啊！」我不禁取笑大介。

「嘿嘿，嘿嘿嘿。」大介難為情的笑了笑，不過，我能理解他的心情。我真的很了解。

大介被我取笑，漸漸放鬆下來，坐得隨便一些。夏葉也看著大介一直笑。

「我要開動了——哇，是檸檬茶耶！冰冰涼涼的檸檬茶最好喝了。請問，我可以吃蛋糕嗎？喔，好好吃！可以告訴我怎麼做的嗎？一個人也能做嗎？」吃點心時大介相當興奮，嘴巴一直說個不停，跟平常很不一樣。

夏葉看起來也很開心。

雖然我跟大介一樣興奮，但我只會附和他說的話而已。我好羨慕能直接說出內心感受的大介，坦白說，我覺得什麼話也說不出來的自己，真的好窩囊。

「說真的，被那隻烏龜逃掉，真的好可惜喔。」大介說。

「就是說啊，我真的好不甘心喔！」夏葉回答。

「不過，要是你真的釣上來的話，會有一個人很不甘心喔。」大介意有所指的說。

「誰啊？」夏葉好奇的問。

「當然是阿健啊。我們第一次在這裡發現烏龜時，他就說他想要抓烏龜了。阿健，你說對不對？」大介將話題引到我身上來。

「嗯，是啊。」我小聲的回答。

夏葉聽到我的回答後，挖苦我說：「難不成你看到那隻烏龜逃掉的時候，心裡覺得很開心？」

「怎麼可能！」

「哦，你看起來很慌張，果然被我說中了。」

「我、我才沒那麼想呢！」我還是堅持自己的說法。

「不過，你心裡多少有這種想法吧？」夏葉也不甘示弱的繼續追問。

「……對不起。」

「哈哈哈哈。」終於問出我的想法，夏葉開心得笑了起來。

這種感覺真是不可思議，之前我是那麼防備夏葉，現在竟然能跟她聊得這麼開心。現在的她跟在學校時很不一樣，完全變了一個人。

「話說回來，我好驚訝喔。」夏葉突然轉了話題。

「什麼事讓你感到驚訝？」大介問。

「我沒想到家下川真的有烏龜。」

「嘿嘿，我很久以前就在教室說過啦！」大介得意的說。

「也是……」

「夏葉，我問你，你認為我是騙子嗎？」大介很認真的問。

「你才不是騙子呢！」夏葉趕緊澄清。

「好吧，那我原諒你。」就像我們之前的對話一樣，大介又開玩笑似的化解了這場尷尬，露出開心的笑容。

「你明明沒有說謊，卻要被其他同學說你是騙子……」說到這裡，夏葉也開始為大介抱不平。

「算了啦，我不在意。」大介還是像以前一樣毫不在乎。

「可是……」夏葉也說了以前我跟大介說過的話。我跟夏葉說的話是一般人都會有的正常反應，同學們都說大介是騙子，大介卻可以毫不在乎，老實說，我真的不懂大介的想法。正義感那麼強烈的夏葉，或許比我還不了解吧！

大介進一步解釋：「沒關係啦，不管同學們說什麼，我都不在意。再說，有阿健還有夏葉知道我不是騙子，那就夠了。」

「那是因為我們有親眼看到的關係，我是真的看到烏龜才相信你的。」夏葉還想要說服大介。

「所以我說，這樣就夠了。要沒有親眼見證的同學相信我，那才是一件奇怪的事情呢。」

「可是……」

聽著大介與夏葉的對話，我更確定自己的想法。

（我不知道讓大介繼續被同學們誤會這件事，到底是好還是不好。不過，我可以確定的是，既然大介不想辯解，我要是出面對同學們解釋，反而會造成大介更多的麻煩。再說，不管別人說什麼，大介從來沒在意過，而過度在意別人眼光的我，又有什麼資格出面呢……）

「不對，等一下，大介同學。」夏葉歪著頭說。

「什麼事？」

「既然大介同學沒有說謊，那麼你上次在教室裡說過的……我想起來了，老鼠！你說過這裡有大老鼠，對吧？」

「嗄……」大介被夏葉這麼一問，不知該怎麼回答。夏葉又再問了一次：

「有沒有嘛？」

大介沒有回答，瞄了我一眼。由於之前我要求大介不能說出去，因此他在觀察我的反應。

不過，我心裡已經做出決定。我認為既然夏葉已經看到烏龜，而且也想相信大介，那麼其他的事情也不該瞞她。

我看著夏葉的臉，坦然的說：「有，真的有。我一開始也不相信，不過真的有。阿大已經看過大老鼠好幾次了，我也親眼看過。」

「真的嗎？」

「你自己去確認是不是真的吧！」大介說。

夏葉頓了一下，立刻就說：「我相信，我很想相信……可是，沒有親眼見到，我沒辦法相信。」

我說：「那是當然的啊！好，阿大，我們走，我們帶夏葉去看那隻大老鼠吧。」

「嗯。」大介對我點點頭。

於是，我們一行三人就這樣浩浩蕩蕩的前往美洲巨水鼠棲息的地方。

我們沿著家下川的堤防，往上游走去。大介快步的走在前方，我和夏葉跟在他後面。

夏葉對我說：「大介同學真有趣。」

「是啊，他是個怪咖。」

「就是說啊。不過，奇怪的或許不是大介同學，而是我們。健太同學，你會不會也這麼想？」

真是不可思議，夏葉竟然跟我有同樣的想法。

我回答：「嗯……我有一點這麼想。」

話一說完，夏葉就竊笑了起來，又說：「我跟健太同學真的好像喔。」

「我們很像？」

「是啊，我們的想法很接近。我從很久以前就這麼想了。」夏葉率性的說。

（這是怎麼一回事？）

我搞不懂夏葉說的話是什麼意思，我怎麼可能跟模範生夏葉有相同的想法？

「我跟你才不像呢！」我反駁夏葉說的話。

「我說我們很像。」夏葉也反駁我說的話。

「才不像呢！」

「就連頑固的個性都很像。」

「你在說什麼傻話？我又不像你是模範生，還那麼受到同學歡迎。」

「呵呵，這種事情只要有心，任何人都能做到。」

「你說什麼？」

我只顧著跟夏葉鬥嘴，後來才發現我們落後大介好一段路。夏葉走在我的斜後方，繼續跟我說話。

「我才不像同學們所想的那麼乖巧、那麼聽話，我只是知道怎麼做才能成為好學生，怎麼做才能讓同學們喜歡我，如此而已。我很奸詐吧？」

「……」我完全說不出話來。夏葉說的話簡直讓我不敢置信，我不知道該說些什麼。

「可是，這樣的日子好累。配合同學們的喜好演戲，真的好累，我愈來愈不知道自己是誰。」

（我也是，我也有同樣的感覺……）

夏葉說的話也是我的親身經歷。

（我也跟你一樣。）

要是能說出來，我一定會輕鬆許多。可是，我還是選擇沉默。

夏葉問我：「你一定也很煩惱吧？」

「不會啊。」我還是嘴硬，不肯承認。

「你心裡一定在想，我得說些什麼才行吧？」

「……」我依舊沉默不語。夏葉看我不說話，繼續說：「沉默寡言的男孩子，真的好帥氣。」

夏葉一說完就把我拋在後面，大步走向大介。

我看著夏葉的背影，在心中嘀咕：「唉——真是輸給她了。」

儘管我不想承認自己「輸給」班上的女同學，但這是無法改變的事實。夏葉不僅長得比我高，感覺也比我沉穩。而且她在教室裡表現出的一舉一動都很成熟，我們這些大聲談論電視節目或電玩遊戲的臭男生，根本不能跟她比。

或許夏葉早就看穿我沉默不語的心情了，我徹底輸給了夏葉這個深不可測的女同學。

等我走到美洲巨水鼠棲息的地點時，大介和夏葉早就在河裡面了。大介正指著美洲巨水鼠的巢穴給夏葉看，我站在堤防上大叫：「阿大，有看到大老鼠嗎？」

「有，有看到，看到兩隻大的。」大介回應著。

「欸，有兩隻？」我驚訝的說。

「健太同學，我也看到了——有兩隻大老鼠從岸邊，游到另一邊的蘆葦叢裡。我好感動喔！」夏葉也大喊著。

我看到了，
看到兩隻
大的。

我趕緊跑下堤防，對她說：「真的很大隻，對吧？」

夏葉說：「是啊，這裡真的有大老鼠耶。」

大介得意的笑著：「嘿嘿。」

「雖然老鼠那麼大隻，卻游得很快呢！」

大介和夏葉站在河裡開心的手舞足蹈，夏葉掩不住興奮的情緒，大介則一副驕傲得意的樣子。我很高興看到夏葉燦爛的笑容，也很開心能解開夏葉對大介的誤解。

夏葉問大介：「美洲巨水鼠平時都吃什麼啊？」

「書上說美洲巨水鼠是草食性動物，不過肚子餓的時候，應該什麼都吃吧？」大介回答。

「既然是老鼠，應該喜歡吃起士吧？」

「我也不清楚。」大介說。

「搞不好也吃泡麵？」

「我又沒看過，怎麼會知道？」

「對了，美洲巨水鼠是從哪裡來的啊？」夏葉又提出另一個問題。

「南美洲。」

「這樣啊，那麼南美洲應該會有很大的捕鼠器嘍？」

「我不知道。不過，美洲巨水鼠應該不會跑到一般人的家裡吧？」

「你確定？」

「應該吧……」

大介與夏葉的對話太過無厘頭，我一邊笑一邊聽著他們說話。

「對了，大介同學。你覺得我們剛剛看到的那兩隻美洲巨水鼠，牠們有沒有生小孩啊？」夏葉又繼續追問。

「你問我，我問誰啦！搞不好那兩隻都是公的也不一定。」

「嗄！我不喜歡這個答案啦！」

「你跟我說也沒用啊……」大介無奈的說。

「我不管、我不管、我不管、我不管，我不管啦！」女生拗起來可不饒人。

「阿健，快過來幫我，夏葉瘋了。」大介轉而向我求助。

「你很沒禮貌耶，我才沒瘋呢！」

「誰叫你的表現跟平常差那麼多！」

「我平常那樣才不正常呢，哈哈哈。」夏葉說著說著就笑了。

（我才不像同學們所想的那麼乖巧、那麼聽話。……可是，這樣的日子好累。配合同學們的喜好演戲，真的好累，我愈來愈不知道自己是誰。）

我看著開心嬉鬧的夏葉，想起了她剛剛對我說的話。

7 研究發表會

一週後的星期天，從早上就開始下雨。

昨天也下雨，前天也下雨，對於每天都想去家下川玩的我來說，這種陰雨連綿的日子真的好難受。

雖然一直在下雨，但由於祕密基地是個隧道，有可以遮風擋雨的屋頂，因此我跟大介今天還是去家下川釣魚。

「我們好像坐在水上一樣，這種感覺好神奇喔。」

「是啊，不過，這樣會不會有危險啊？」

我們會這麼擔心，是因為我們的腳邊都是水。這個祕密基地原本就是灌溉排水用的溝渠，每次下雨就會有水流過。今天的雨勢雖然不大，但祕密基地裡開始

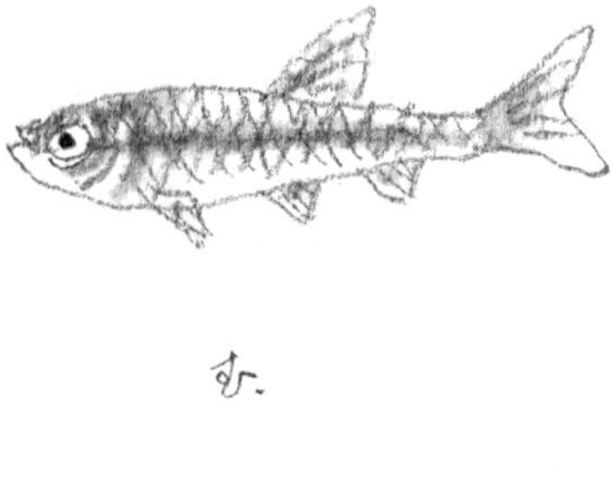

出現水流，現在水深達三公分。我跟大介坐在塑膠箱子上，兩隻腳踩著水泥碎片，暫時不會被水淹到。不過，如果我們待會釣到大魚，就必須離開水泥碎片，站在地上拉竿，到時候我們的鞋子一定會浸泡在水裡。

我看著屁股下方流動的水，不禁擔心的說：「不知道水位會不會一下子升高？」

大介也往後看，說：「搞不好會出現像海嘯一樣的洪水。」

我一聽大驚失色，也跟著回頭看。大介看到我的反應，笑著說：「哈哈，阿健，你很擔心嗎？」

「我才不擔心呢！不過，要是真的有洪水沖過來，那我們要怎麼辦？」

「那就跟著洪水漂流到大海去好了，難得有這個機會啊！」大介天真的說。

「你頭殼壞掉了嗎！」我忍不住吐槽。

我們兩個今天都無法專心釣魚，不只是受到雨勢影響，家下川水位變高，也增加釣魚的難度。其實還有另一個原因，那就是夏葉不在這裡。

大介說：「夏葉今天是不是不來了？」

我說：「不來了吧，今天下雨啊。」

「可是下雨我們也來啦。」

「你說得沒錯，不過還是有很多事情要考慮。」

「什麼事情？」大介問。

「每個人都有自己的狀況，我們不像你什麼事都不用煩惱。就像我今天也是拚命想了很多藉口才能出門，下雨天總不能跟爸媽說我要跟同學去踢足球吧？」

「不能老實說要出門釣魚嗎？」大介的想法相當直接。

「當然不能這麼說啊！就算是晴天，我媽也會說去河邊玩很危險，要是跟她說我還跑到河裡玩，她一定會暈倒。我媽說水深三十公分的河，也可能會溺死人呢！」

「沒錯，我也聽說過這件事。不小心跌到河裡會讓人感到驚慌，就算水很淺，也可能會因為腿軟而站不起來。」

「可是，你不覺得很奇怪嗎？如果擔心三十公分的水會淹死人，那不就不能泡澡了？」

「哈哈哈，阿健說得對。」

「先不管這些了，夏葉一定也是要找藉口才能出來，所以她今天沒來也可以理解。」

自從上個星期天之後，夏葉也到這裡玩了好幾次。不過，我跟大介都是蹺社團活動，將所有空閒時間拿來玩；夏葉卻只能在參加完社團活動後，到家下川找我們玩個十分鐘就回家了。由此可見，她是拚命擠出空檔來玩的。

夏葉是排球隊隊長，每個星期還有三天要上補習班或鋼琴課，這麼忙還能擠出時間來這裡玩，我跟大介都覺得很不可思議。

「阿健，你覺不覺得夏葉很酷？」

「什麼意思？」我問。

「就是上次釣小龍蝦的時候啊，夏葉竟然敢自己剝小龍蝦耶。我們是男孩子，當然沒話講，可是夏葉是女孩子，我想班上女生應該只有夏葉曾經活剝過小龍蝦吧？」

「她不剝也不行啊，不把小龍蝦的尾巴肉剝下來，就沒有餌可以釣小龍蝦了。」釣小龍蝦最好也最方便的釣餌，就是小龍蝦的尾巴，聽大介說起，我也想起那一次的事。

「可是，她也可以拜託我們幫她剝啊。」

「你還敢說，當初是誰準備一堆大蚯蚓嚇她的啊？」我反虧大介。

「那是兩回事，不要混為一談啦。我後來才聽夏葉說，那次是她第一次碰小龍蝦，搞不好也是她第一次殺生吧？」

看著大介認真談論夏葉的樣子，我忍不住對他說：「阿大，我跟你說。」

「什麼事？」

「有件事我要告訴你，那次也是我第一次活剝小龍蝦。」

「真的假的？」

「真的，老子我可是嚇得半死呢！」

「哈哈哈，原來如此，原來阿健也嚇得半死啊。既然你都這樣了，那夏葉一定更怕吧。」

瞧大介開口閉口都是夏葉，我故意捉弄他說：「新見大介同學，你從剛剛就一直在講杉本夏葉同學的事情，你該不會是……喜歡夏葉吧？」

「阿健，不要亂說！」大介立刻反駁。

「啊，你的臉都紅了，你看看你。」

「我才沒有臉紅呢！」

（大介這傢伙，心事全寫在臉上。）

我因為說贏了大介而哈哈大笑，沒想到大介竟然展開反擊。

「哼，還敢說我，我看是阿健喜歡夏葉才對吧！別以為我看不出來，你從以前就喜歡夏葉了！」

「……才沒有……這回事呢。」大介突如其來的反擊，讓我一瞬間不知該說什麼。

「啊！你沒話可說了吧？哈哈哈！」

「我才沒有呢，夏葉她……」我實在說不下去了。

「那你說實話，你到底是討厭夏葉，還是喜歡夏葉？」大介還是不放過我。

「我……」

「你如果討厭她，就說出來啊！」

「……」我完全說不出口。

「哦，我知道了，你並不討厭夏葉。」大介說完之後就抿嘴竊笑，轉身看向自己的釣竿前端。

我拿他沒辦法，只好默默的繼續釣魚。受到下雨的影響，家下川的水質變得很混濁，土黃色的水流與平時截然不同。

雖然剛剛說不過大介讓我很不甘心，但我不想再爭論這個話題了。

（要是繼續追問大介夏葉的事情，就等於是在逼自己表態。再說，我也很擔心，要是我發現了自己對夏葉的心意……）

聽著淅瀝瀝的雨聲，我再次告訴自己。

（現在這樣最好，就這樣維持下去。我希望我們三個可以開開心心的在一起玩……）

家下川的河面，綻開了無數個雨滴形成的漣漪。

＊

第二天，第五節在體育館上課。

我們班上的高材生吉岡敬一，明天將代表學校，在市立文化會館發表研究成果。為此，學校特別招集所有五、六年級的學生，緊急舉辦一場研究發表會的彩排。

當敬一走進體育館時，所有同學們都半開玩笑的虧他「你好厲害」、「真有你的」，不過敬一將這些語帶諷刺的話當成讚美，只說一句「研究是我的興趣」，就大步往前走。

大介漫不經心的走到我旁邊說：「敬一真厲害，他最喜歡做的事就是研究耶。」

大介真是個單細胞生物，他是打從心底敬佩敬一。我不發一語的點點頭。

（敬一確實很厲害。）

不過，我敬佩的是，敬一能在人前大方為自己感到驕傲的性格。

（敬一跟我不一樣，他應該已經很習慣接受他人的讚美，所以才能在眾人面前表現得落落大方。）

我跟大介刻意走得比其他同學慢，在不引人注意的狀態下，排在隊伍的最後面。如此一來，我們自然就能一起坐在沒有人會注意到的最後一排。

體育館裡事先擺放了好幾排鐵椅，我跟大介一坐下來，夏葉就咻的一聲坐在我身邊。她好像是看到我跟大介的舉動，於是跟著坐過來。夏葉笑瞇瞇的對我們比了一個小小的勝利手勢。

我的左邊坐著大介、右邊坐著夏葉。由於夏葉坐在我旁邊，讓我感到有點緊張。前方舞臺上掛著一個白色螢幕與白板，白板上以粗體字寫著「牛卜米麥穗魚之飼育與河川未來」。

不久之後，敬一上台發表，他的演講十分精采。他將存在筆記型電腦裡的圖片轉接到螢幕上播放，整個過程完全不看稿子，順利完成演講。

如此卓越的表現，不只我做不到，我相信我們班上沒有一個同學能做到。鏗鏘有力、抑揚頓挫的演講技巧，根本可以說比老師還要厲害。

我喃喃自語的說：「敬一說得真棒。」大介點點頭，夏葉則小聲的回應：「他在家裡一定練習過好多遍。」

夏葉的話讓我好驚訝。我自認不可能像敬一那樣，在眾人面前發表那麼精采的演說，對於敬一的表現，我也只能以「說得真棒」來形容；但夏葉想到的竟然是要經歷過多少次練習，才能表現得如此完美，這一刻深深讓我感受到模範生與平凡學生之間的差異。

敬一台風穩健的說著：

「這就是牛卜米麥穗魚。日本總共有三種麥穗魚，一般常見的麥穗魚棲息在全國各地，北方麥穗魚棲息於東北地區，今天介紹的牛卜米麥穗魚，則分布在我們居住的愛知縣與岐阜縣境內。不過，目前牛卜米麥穗魚的數量非常稀少，不僅已被國家指定為瀕臨絕種的保育類動物，更與錦波魚並列為豐田市的『天然紀念物』[3]。」

我問：「阿大，你看過那種魚嗎？」

大介搖搖頭，回答：「我第一次看到。」

「這是我用來飼育牛卜米麥穗魚的水族箱，由於牛卜米麥穗魚習慣在石頭上產卵，因此我在水族箱裡放置剖成一半的花盆，取代石頭，讓牛卜米麥穗魚產卵在花盆上。如此一來，花盆也變成牛卜米麥穗魚的祕密基地。此外，牛卜米麥穗

魚天性很膽小，我特地用黑色木板遮住水族箱四周。」

我不禁讚嘆：「好大的水族箱喔。」

大介說：「沒想到敬一養魚的設備這麼齊全，跟大人一樣耶。」

我跟大介看著螢幕上的照片，專心聆聽敬一的演講，進入忘我的世界。螢幕上播放著一張張照片，包括產在花盆上的卵、剛出生的小魚，還有飼育小魚的情形。在場的每個人都全神貫注的盯著螢幕。

「值得注意的是，在人工飼育下出生的小魚，如今已無法在學校附近的河川裡生長。原因就在於河川水質已經遭到汙染。請各位繼續看下一張表格。這是學校附近河川的水質調查表，內容是針對矢作川、家下川、新川與中川的 pH 值和 COD 所做的調查結果。」

「阿大，什麼是pH值？」我問。

「我不知道。」

「什麼是 COD ？」

3 凡是自然生態中，值得被保存下來的動物、植物、礦物、地質構造等珍貴稀有物，日本政府皆可指定為天然紀念物，予以保護。

「我都說我不知道了！」

「pH 值是用來判斷液體為酸性或鹼性的單位；COD 就是化學需氧量，也就是用來顯示水質汙染程度的指標……」

敬一的演講內容愈來愈艱深，接下來他說的話，我一句都聽不懂。我唯一發現的事實就是，我們雖然都到過家下川，但敬一在那裡從事的是嚴密精準的研究；我跟大介卻是在那裡無憂無慮的玩耍。

「從以上結果即可得知，矢作川的水質最乾淨，也是最適合魚類棲息的河川；相較於此，家下川、新川與中川的水質都很髒，不適合魚類生長。」

（等一下，有魚啊！）

「我們能做的就是改用不會汙染環境的肥皂，也不要亂丟垃圾到河裡，努力讓流經整個城鎮的家下川、新川與中川，恢復潔淨清澈的水質。」

（你在說什麼？家下川有魚耶！）

「累積小小的努力就能讓河川變乾淨，也能讓地球成為一顆美麗的星球。各位，請讓我們一起努力，讓每一條河川都能成為適合魚類棲息的樂園。」

（敬一！家下川有很多魚耶！）

啪啪啪——敬一說完最後一句話，整個體育館響起了如雷的掌聲。無論我在心中如何吶喊，敬一也聽不見我的聲音。我無法像其他同學一樣鼓掌叫好，轉頭一看，大介正低著頭沉思，夏葉則是不服氣的瞪著舞臺。

「夏葉……」

我沉默的看著夏葉，這是我第一次看到夏葉瞪人的樣子。

＊

開完放學前的例行班會之後，我走向學校後面的綠地。夏葉說她有話跟我說，要我開完班會後到那裡跟她見面。我猜她應該是要跟我談敬一今天發表的研究內容。大介好像還有事要處理，所以晚一點才會過來。

我繞過校舍，來到後面的綠地，就看到夏葉站在校園鳥屋前。

「大介同學呢？」夏葉問。

「他說待會過來。」我回答。

我跟夏葉一起盯著鳥屋看。過了一會兒，夏葉開口問我：「你覺得敬一的研究內容怎麼樣？」

「嗯，老實說，我很生氣。他怎麼能說家下川不適合魚類生長！」

「你跟我想的一樣，我也是這麼想。」

「嘿嘿，我知道，你當時瞪著敬一的眼神充滿殺氣。」

「有嗎？」夏葉說完後，抬頭看向停著虎皮鸚鵡的樹枝。

我接著說：「不過，敬一的研究讓我對他刮目相看。我從來沒有想過要像他一樣，去養魚或是檢測水質。」

夏葉聽了我的話之後，嗤嗤的笑了起來。

我問：「有什麼好笑的？」

「因為你說的話真的很好笑啊！若是有人要我去調查河川水質，我一定也會做一樣的檢驗項目。只要上網查一下，就能輕鬆查到檢測方法以及圖表的製作方式。」

「有那麼簡單嗎？」

「就是那麼簡單。」

（真不愧是模範生，夏葉知道的東西好多喔。）

「不過，敬一還真的去飼育牛卜米麥穗魚，而且還觀察成長過程耶。」我還是覺得敬一很厲害。

「這一點我也很佩服他。不過，飼育方法也能在網路上找到。之前我就聽敬一說過他在養牛卜米麥穗魚，當時我不知道那是什麼魚，所以還上網查了一下。

那個時候我就找到了跟他今天說的內容，一模一樣的飼育方法。此外，敬一的爸爸平時就很喜歡養熱帶魚，所以家裡早就有水族箱、過濾槽等所有設備。再說，敬一的爸爸媽媽是很標準的『孝子』，也就是孝順兒子的父母，所以那個研究到底有多少是敬一自己做的……唉呀！討厭，我竟然在說別人壞話。」

「你、你不用在意啦，要是敬一真的像你說的這樣，我也想批評他一下。」

夏葉緊緊抓著鳥屋的鐵絲網，用力的點了點頭說：

「我覺得我最近很奇怪……我之前不是告訴過你，我都是在配合同學們的喜好演戲，我只是裝成好學生的樣子罷了……以前就算是演戲，我也認為那是真正的我，只要繼續演下去就好。可是，最近我感到愈來愈煩，有時候甚至會討厭戴著假面具的自己，討厭到不能承受的地步。我好想摧毀一切，重新來過……」

夏葉的側臉看起來好哀傷，她一滴淚也沒流，嘴角還微笑著。可是，她的眼睛充滿哀傷，讓我好想安慰她。

「重新來過也很好啊！不管夏葉變成什麼樣子，你就是你。」

「真的嗎？」

「我有時也會這麼想……」

「……」夏葉默默看著我。

這是我唯一能對夏葉說的話，不過，卻是我最真實的心情。

夏葉在眾人面前扮演一位模範生，我則是想要成為跟其他同學一樣的人，雖然我的成績不好，但我也能理解夏葉的心情。

我接著說：「自從跟阿大一起玩以後，我發現到一件事。」

「什麼事？」夏葉問。

「開心的事就是開心，有趣的事就是有趣，這是很正常的道理，所有的一切都取決於自己。還有，不要在意別人的眼光。」

「嗯嗯，不過，這一點我做不到。」

「老實說，我也做不到。看似簡單的事情，其實是最難的。不過，在阿大身邊，就覺得這一切都很自然。我相信阿大那傢伙根本沒想過這些事。」

「原來如此……」

「在他面前裝酷，會覺得自己好蠢。而且還會被他那無憂無慮的個性牽著走，覺得自己好像什麼事都做得到。」我繼續說。

「嗯，沒錯，我懂你的感覺。」夏葉挺起胸膛，像跳舞一般輕盈的轉了個圈，又說：「呼——跟你聊了這麼多，我心情好多了。欸，大介同學！」

我回頭一看，就看到大介匆匆忙忙跑過來，他的書包，背在身上，也隨著他的腳步左搖右晃。

「對不起，對不起，我遲到了。」大介說。

「你喔，我要罰你錢！」夏葉笑著說，一掃剛剛沮喪的心情。大介則嘿嘿嘿的笑著，對夏葉說：「對了，你有什麼話要跟我們說？」

「不告訴你，誰叫你要遲到？」夏葉故意吊大介胃口。

「不要這麼壞心嘛。」

「呵呵，其實是這樣的，敬一同學說家下川不適合魚類生長，我聽了很生氣，很想說他壞話。不過，剛剛跟健太同學說過之後，我現在心情好多了。」

「是這樣嗎？阿健？」大大介轉頭問我。

我也強打起精神說：「是真的。你不要看夏葉這樣，她生氣起來很恐怖，還說要帶敬一去家下川，把他從橋上推下去呢！」

「我才沒這麼說！」夏葉趕緊反駁。

「你明明就有說。」我故意跟她唱反調。

大介嚴肅的看著一搭一唱的我跟夏葉，說：「我同意夏葉的說法。」

「你說什麼？」大介說的話出乎我的意料之外。我跟夏葉對看了一眼。

「不過，把敬一從橋上推下去有點不妥……可是，可以帶敬一去家下川。」

大介認真的說。

「嗄？」我沒想到事情會有這樣的發展。難不成大介想跟那個討人厭的敬一做朋友？

「為什麼要帶敬一去？」我忍不住問大介。

「因為敬一很了解河川啊。」

「大介同學比敬一同學清楚多了。」夏葉插話說。

「就是說嘛！敬一那個人只會看書和上網查資料，他根本不了解實際情形。」我附和夏葉說的話。

「可是，我不知道書裡寫的內容，敬一比我還清楚魚的名字，我們跟他做朋友，好不好？請他多教我們一些知識。」大介試著說服我們。

「你別忘了，那傢伙說家下川不適合魚類生長耶！」我還是吞不下這口氣。

大介忽然笑了起來，像是想起了什麼似的說：「阿健之前不也是不知道家下川有魚嗎？」

（呃……）的確如大介所說，在不久之前，我對家下川也一無所知。

可是，我還是沒辦法輕易接受。我斜眼看了夏葉一眼，要她出來說幾句話，沒想到夏葉接收到我的眼色後說：「這件事我沒有立場說話。」

大介還是不死心的想要說服我：「阿健，夏葉當初想來時，你不是也很抗拒嗎？可是我們還不是跟她變成好朋友了。沒關係啦，不會有事的。」

這個道理我也懂，但問題是，我不喜歡敬一。

（我本來就跟高材生敬一不對盤，而且我還很討厭敬一與博之那一群人。最大的問題就是，敬一跟我和夏葉不同，他打從心裡看不起大介。每次都是那群人起鬨說大介是騙子。）

「阿健，好不好嘛？」大介還是不放棄，希望我能同意。

於是，我回答他：「……好吧，既然阿大都這麼說了。不過，要不要成為好朋友，就看敬一怎麼想嘍。」

「好……對了，我看這樣吧。我們先帶敬一到家下川去，讓他知道家下川有魚。如此一來，也能讓你們消氣。」大介也說出自己的想法。

「好是好啦，不過，要用什麼理由約敬一呢？那傢伙絕對不可能一個人來，他一定會帶博之那群朋友來，我猜那群人至少會來三個。」

「嗯，這一點就是最大的問題了。我希望他能一個人來。」

「阿大，還有一個問題，那傢伙不可能保守祕密，他一定會跟他那群朋友說。」

「這一點也很傷腦筋。」

接下來我們不斷在想該如何單獨約敬一到家下川，以及要求他保密的方法。可惜的是，不管我們怎麼想都想不出結果來。

「唉——有沒有什麼好方法呢？」大介哀嚎著。

「就是說啊，我們再慢慢想吧！」我跟大介決定之後再慢慢想辦法，此時夏葉開口說：「對了，我問你們，還記得你們剛剛說過的話嗎？」

「什麼話？」我問。

「我們有說什麼嗎？」大介一臉疑惑的樣子。

「就是你們剛剛提到我跟你們變成好朋友的事情啊，你們當時有那麼討厭我喔？」

「糟了！」我跟大介慢慢往後退，然後迅速轉身跑走。

夏葉見狀大喊：「你們給我站住！」

大介背上的黑色書包，隨著大介拼命往前跑的節奏搖來晃去；我背上的書包也同樣喀答喀答的左右晃動。這個阻礙肩膀擺動的礙事東西，現在卻讓我感到很痛快。

我跟大介一起跑到校舍盡頭，然後就分頭跑掉了。

你們給我站住！

在三天後的朝會上，學校宣布敬一的研究報告，在市政府舉辦的環境博覽會中獲得「第一名」的殊榮。

5 健太生氣了

「敬一好厲害喔！」

「敬一的研究報告那麼精采，一定會得獎的啊。」

「就是說嘛，他研究得很辛苦耶。」

學校公布敬一得獎的那一天，所有同學都聚集在教室裡討論這件事。

我在想，如果我是敬一，我一定會很不好意思，覺得待在教室裡很難為情。

沒想到敬一竟然從角落走到人群中，開始大放厥詞。看來在敬一的字典裡，沒有「謙虛」這兩個字。

大介默默走到我身邊說：「阿健，你還好吧？」

「什麼意思？」

「你在生氣吧？」

「呵呵，沒事、沒事。我心胸很寬大的。」雖然我說沒事，但大介會如此在意我的反應，可見他也對那些人高談闊論的模樣感到不耐煩。

「阿健，你看！」我順著大介的話回頭一看，坐在位子上的夏葉正在看著我們。她斜眼瞪了一下敬一那群人，還迅速扮了個鬼臉。就在此時，博之突然開口說：「對了，大介！」

我心中有一種不祥的預感。

「你應該對自己撒的謊道歉，還不快向敬一道歉。」

「？」大介聽得一頭霧水。

博之接著說：「你之前不是說家下川有很多魚嗎？」

「就是說嘛，連研究都不研究，你是個滿口謊言的騙子。」其他同學也跳出來指責大介。

博之真是個不可理喻的傢伙。表面上裝作是通情達理的人，其實只不過是想要找大介的碴而已。他老是以這樣的手法煽動同學，我被他氣到火冒三丈，轉頭問大介：

「你要怎麼辦？」

「不要理他就好了。」大介一說完就走回自己的位子。

我知道他是不想讓我捲入他們的紛爭，才坐回自己的位子。一時之間，我也不知道該怎麼反應。

「喂，大介，以為不說話就沒事嗎？還不給我道歉！」

「我們已經很久沒有一起叫他綽號了，不如今天就提醒他一下吧！」

那群人還在你一言、我一語的攻擊大介，他們彼此對看一眼，露出不懷好意的笑容，開始齊聲大喊：「騙子——騙子——大介愛說謊，是個騙子——騙子——」

這群人真是不思長進。但仔細想一想，如果我還是過去的我，搞不好我也會成為他們的一分子。一想到這裡，我的背脊就涼了起來。

「騙子——騙子——大介是個騙子——」

他們不斷重複著無情的詞彙，令人感到悲哀的是，那群人所說的話並不是刻意中傷，而是真心這麼想。知道這一點讓我更加火大。

（這樣真的好嗎？我該放任他們嗎？我該袖手旁觀嗎⋯⋯）

大介一如往常的站了起來走出去，我也跟著站起來，大聲撞了桌子一下。接著我將雙手插在口袋裡，慢慢往前走。

「騙子——騙子——大介是個騙子——」

大介抬頭挺胸、毫無畏懼的往前走，我則跟在大介身後。看著對面那群傢伙以言語霸凌大介的行為，我的心中湧起了足以煮沸五臟內腑的熊熊怒火。

這就是過去大介在被他們嘲笑時，心中的感受嗎？

「騙子——騙子——大介是個騙子——」

博之、忠則、翔太、真二……大介視若無睹的走了出去；我則不發一語，一個個瞪著他們瞧。一個個，慢慢的，瞪著他們。

「騙子……」聲音突然停了下來，教室裡也恢復了寧靜，我的目光停留在敬一身上。

敬一從來不會跟著他們起鬨，我想這是他的計謀之一，真是卑鄙的做法。

我瞪夠了敬一之後，靜靜的移開目光，像是闔上書本一樣，將那群傢伙拋在腦後。整個過程我一句話都沒說。

（我並不是要為大介出頭，這麼做完全是為了我自己。）

同學中傷大介，就等於是在詆毀我跟夏葉。雖然無法大聲怒斥他們，但我也無法袖手旁觀。

之後，我緩步走出教室，沿著走廊往前走，一左轉就看到大介在樓梯處靠牆站著。

「阿健，你剛剛做了什麼事？教室怎麼突然間安靜了下來？」由於剛剛大介一直看著前方，因此沒發現我做的事情。

「哼，我狠狠的瞪著他們每一個人。」我回答。

「這樣啊，真可怕！不過，你這麼做好嗎？搞不好他們以後也會攻擊你喔。」

「我不在乎。再說，我才沒將他們放在眼裡呢！他們想幹麼都不關我的事。」

我愈說愈氣憤。

「好、好，你先冷靜下來。現在心情如何呢？」

「我的心情啊……不能說是很好。不過，我能體會以前你默默走出教室的心情。那些傢伙做的蠢事，不值得往心裡去。」

就在這個時候，夏葉跑了過來。

「哎呀，終於找到你們了。」夏葉對我們說。

「嗨！」我說。

「嗨什麼嗨，你不會是發燒了吧？」夏葉一邊說著，一邊用手摸我的額頭。

「你在幹麼？」

「哈哈哈，你害羞個什麼勁啊？」

我趕緊將話題拉回來，問：「大笨蛋！你找我們有什麼事？」

夏葉雙腳站定，擺出立正的姿勢，嚴肅的說：「現在教室裡的氣氛很沉重喔。」

「很沉重？」

「我相信他們都發現自己做錯事了，每個人都感到很內疚。看到他們這樣，我真的覺得好爽快喔！」

「你在說什麼啊！」

「感謝健太同學，我現在心情好多了。哦，對了，大家還說你生氣了，嚇得不敢再多嘴。我走嘍！」夏葉說完後，立刻轉身跑回教室。

「……」大介一直沉默不語。

「呵呵呵。」我放鬆的笑了出來。

不曉得是心中大石放了下來，還是緊繃情緒瞬間抒解開來的關係，我的雙腿忽然間使不上力，只好坐在階梯上。

老實說，我根本不在意教室裡發生的事情，但夏葉對我說她的心情很爽快，這件事讓我很開心。

我想起夏葉的表情，突然想到一個好點子。我跟大介說：「對了，阿大，我們約敬一到家下川吧！」

「欸？要怎麼約？」

我看著大介的臉說：「我敢保證，他一定會來。」

「到底要怎麼約？」大介睜著他的大眼睛，直勾勾的看著我。以前我超怕看大介的眼睛，現在卻一點也不怕了，這種感覺真的很奇妙。我也注視著大介的眼睛，認真的說：「阿大，你聽我說，你知道敬一喜歡的女孩是誰嗎？」

「……啊，我懂了！」

「對吧？只要有夏葉在，他一定會來。」關於這一點，我有十足的信心。

事實上，敬一喜歡夏葉這件事，不只是我們知道，班上每個同學都知道。不用特別說出口，只要看過敬一在夏葉面前的表現，就能了然於胸。而且他經常在同學們面前說：「夏葉同學不管做什麼事，都做得很好。」因此，只要拉夏葉下水，敬一一定會排除萬難，獨自到家下川赴約。

「我怎麼會沒發現到這一點呢？」我現在才知道自己有多遲鈍。

於是，我們兩個就坐在階梯上，嘿嘿嘿的笑個不停。

＊

第二天，我跟大介決定一起去約敬一。其實如果能請夏葉出面，事情會順利許多，但我就是無法開口請夏葉幫這個忙。我跟大介從早上就一直在找機會，但敬一身邊總是有其他同學在，我們沒辦法找他說話。

吃完營養午餐之後，機會終於來了。

我走向獨自坐在位子上的敬一，開口說：「敬一，我有話跟你說，可以請你跟我出來一下嗎？」

「嗄！」敬一一臉驚恐的樣子，急忙站起來往後退。博之發現敬一不對勁，立刻為他出頭。

「健太，你想幹麼？」博之的反應讓我一頭霧水，他看起來相當緊張的樣子。

博之看我不說話，再度開口：「你找敬一有什麼事？就在這裡說吧！」

「……算了。」我不可能在教室裡說，只好離開教室。大介看我往外走，立刻追上來。

大介說：「阿健，大事不妙了，敬一他們在防你。」

「防我？」

「同學們都在傳，因為你昨天氣瘋了，所以要將敬一他們那群人，一個個叫出去揍一頓。」

「這是什麼奇怪的傳言？拜託，我又不是流氓！」

「你昨天到底有多生氣啊？我好想看喔！」大介笑著說。

不過，到底是哪來的傳言啊！我從來沒跟同學打過架，怎麼可能把那一群人一個個叫出來揍一頓……

我不禁嘆了一口氣，大介看我這樣，故意挖苦我：「人的刻板印象很快就會形成，以後同學都會說我是騙子，你是流氓，我們是最佳拍檔喔！」

「吵死了！」

最後我們決定，放學後再找敬一說話。

＊

放學之後，我跟大介決定先繞到敬一家一趟。自從中午發生那件事之後，無論是下課時間或放學前的例行班會，敬一都跟其他同學在一起，沒再落單過。再加上那群傢伙都將我當成危險人物，隨時監視我的一舉一動。我跟大介迫不得已，只好放學後刻意繞遠路，避開其他人的耳目，前往敬一家。

「阿健，你知道敬一住哪裡嗎？」

「知道啊。話說回來，那些人從頭到尾都在監視我，真是麻煩。」

「那也沒辦法，誰叫你是流氓。」大介無奈的說。

「別再挖苦我了。不過，像他們這樣咄咄逼人，搞不好真的有人會一氣之下，乾脆去當流氓。」

敬一的家位於寧靜的住宅區裡，我們走到那附近之後，就開始找方便與敬一說話的地方。我左右張望，發現他家旁邊有一座小公園。

我跟大介說：「我們就在這裡等吧。」

於是我們各自坐在鞦韆上，等敬一回家。

大介問：「阿健，你是不是很討厭敬一？」

我說：「不會啊，他又沒有得罪我。你應該比我討厭敬一才對吧？」

「其實我也不討厭他。」

「是嗎？都是敬一起鬨，你才會被班上同學說是騙子耶。」

「其實我真的沒那麼在意。」

我不能理解大介的心情。就算再怎麼想知道魚的知識，也不可能那麼輕易就原諒平時老是在找碴的敬一啊。

話。

「老實說，我不喜歡敬一。而且最近只要一看到他，心情就很差。他的成績很好，又是個乖學生，但我認為他所做的一切，都是為了要讓老師和其他同學喜歡他。看他那樣，真令人不爽。這是不是人家說的偏見啊？」我決定說出真心話。

「阿健，你這樣不行喔，你連想法都變成流氓了。」大介擔憂的看著我。

「嘿嘿。」

「話說回來，大家都是這樣，不是嗎？我也會希望別人喜歡我。」大介這麼一說，讓我突然驚覺到，其實我以前也是這樣……

與大介天天玩在一起之前，我每天滿腦子想的都是，怎麼做才能讓大家喜歡我。我之所以會看敬一不順眼，或許就是因為他讓我想起了過去的自己。說到這一點，夏葉曾經說過，她每天都在演戲，只為了讓老師與同學們喜歡她。

（就算是這樣，敬一與夏葉不同，我跟敬一更是不一樣，我怎麼可能會跟敬一一樣呢……）

「欸，敬一回來了。」大介的話將我拉回現實。

此時敬一正好走過公園籬笆旁，我跟大介趕緊跳下鞦韆，跑出公園。

「喂，敬一！」我大聲喊叫。

敬一一看到我跟大介，立刻露出驚恐的表情。而且下一刻他馬上轉身，拔腿就跑，我們根本來不及反應。

「等一等，我有話跟你說。」敬一根本不聽我說話，繼續往前跑。我們跟大介在後面追，他就愈跑愈快。

「阿大，這下該怎麼辦？」

「這樣下去，事情會一發不可收拾。」

大介說得對，敬一誤會我們找他的目的，一定會找別人幫忙。要是真讓他跑到派出所去，我跟大介搞不好會被警察以傷害未遂罪抓起來。

我跟大介說：「好，我們前後夾攻，一定要抓到他！」

於是我跟大介分頭去追敬一。敬一看起來真的很害怕，他不斷左彎右拐鑽進小巷子裡。要是讓他一直這樣鑽來鑽去，到最後就會變成捉迷藏，事情反而不容易解決，因此，我們必須在敬一跑到人來人往的大馬路上之前，搶先一步逮到他才行。

最後，我跟大介好不容易才在神社旁的空地上堵到敬一，我們三個人都已經跑到上氣不接下氣。

敬一大叫：「放開我，放開我！」

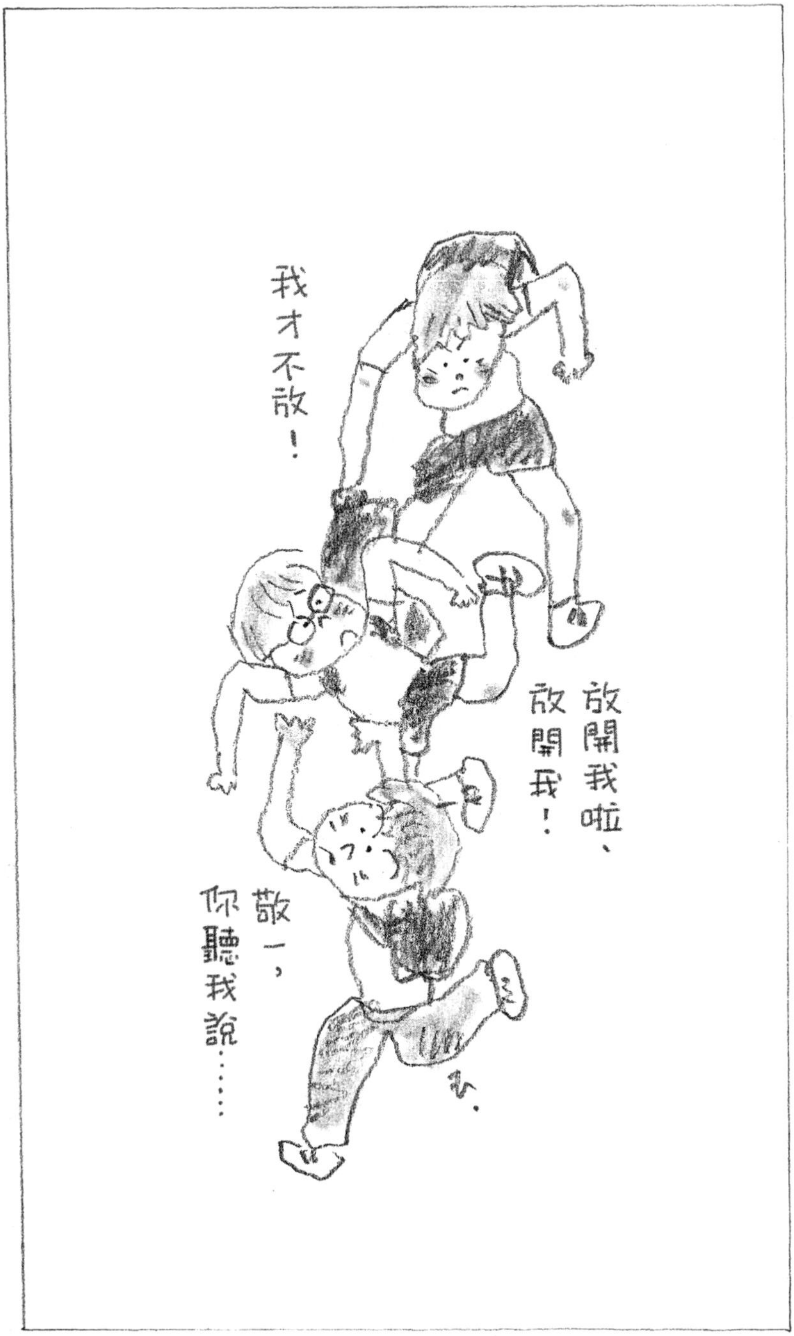
放開我啦、放開我！
我才不放！
敬一，你聽我說……

（我不會放開的！）

為了不讓敬一跑掉，我從背後緊緊抓住敬一的書包，敬一一時腿軟，坐倒在地上。我也跟著坐了下來。

「呼！呼！呼！」

「呼！呼！咳咳！」

我跟大介好不容易逮到敬一，卻喘到說不出任何一句話。過了一會兒，調整好氣息，大介盯著敬一，首先開口：「敬一。」

「幹麼，要打架嗎？你們要是敢打我的話，我就跟老師講喔！」敬一激動的大吼大叫。

大介一臉不為所動的模樣，非但沒有被激怒，反而露出善意的笑容。

敬一大概發現了我們沒有危險，說話也大聲了一點：「你們到底想幹麼？」

大介回答：「我們有話要跟你說。」

「是要講昨天的事嗎？那件事跟我無關，我可沒說什麼，都是其他人在說。」

敬一果然還是很在意昨天那群人大聲嘲笑大介是騙子的事情。

「那件事根本不重要，我有事要請求你，可以聽我說嗎？」大介誠懇的說。

「……你說吧。」

「你明天有空嗎？」

「假日的早上我要去補習。」

「這樣的話，下午跟我們一起去家下川抓魚，好不好？」

「嗄？我說過好幾次了，家下川沒有魚。」敬一加重語氣的說。

「你有看過嗎？有找過嗎？」大介問。

「這是常識吧？老師也認為那裡沒有魚，而且家下川的水質很糟糕耶。」

「……一起來吧！跟我們到家下川去看看吧！」大介放軟姿態，輕聲的邀請敬一。

敬一態度強硬的說：「你腦子有問題嗎？幹麼做那種浪費時間的事情！」說完正想站起來，我用力拉了一下他的書包，於是他又一屁股跌在地上，敬一被我的動作嚇到，一直盯著我看，我低聲對他吼：「別動，給我好好聽著！」

敬一被我這麼一吼就乖乖坐著，動也不敢動。

大介說：「既然這樣的話，敬一，我坦白告訴你，我跟阿健在家下川抓到好多魚，而且是各種不同的魚，是真的！」

「我才不相信你呢！」

「為什麼你不相信我？」

「家下川的水質那麼糟，根本不可能有魚。你們到底想要我怎樣？」敬一還是不相信大介說的話。

「我們希望你去看看家下川的魚。」大介的語氣十分真誠，也很真心。不過，敬一還是不肯去。

「老實跟你們說，你們這樣根本是在為難我。我做了研究，在那麼多人面前發表，還得到全市第一名。就算我真的在家下川看到魚，你認為我現在能改口說『家下川有魚』嗎？我根本說不出口！要是看不順眼，你們就去跟學校或市政府舉發啊！跟他們說我的報告是錯的。」

「敬一，你誤會了，我們不是要這麼做，只是希望你能去看魚而已。」

「你們真是莫名其妙！」

大介說了這麼多，敬一還是不領情。我決定放棄說服他，放開拉著他的書包的手。敬一一掙脫束縛，就馬上站起來。

即使如此，大介還是不放棄，又再問了一次：「你真的不去嗎？敬一，跟我們去家下川看魚吧！」

「你們有完沒完？如果真的那麼想看，你們兩個自己去不就得了。」

我突然開口插話，說：「不是只有我們兩個。」敬一嚇了一跳，但我無視敬一的反應，繼續說：「我們不是兩個人，而是三個人。我們三個經常去家下川玩。」

敬一問：「另一個怪咖是誰？」

大介回答：「是夏葉。」

敬一一臉不敢置信的表情，瞪大眼睛看著我們說：「你們是騙我的吧？」

大介說：「我們才沒騙你，我們經常跟夏葉在家下川抓魚和釣魚。」

敬一沉默不語，不過我們大介都看得出他正在動搖。

可惜敬一接下來說的話，澆熄了我們的希望。

「那跟我無關，我不會去的。我要回家了。」

完了，沒有希望了。想不到連夏葉都出賣了還是無法打動他，看來真的沒有辦法了。

大介說：「敬一，剛剛的事，你不要說出去喔。」

敬一回答：「你覺得呢？遇到這種事還默不吭聲的人，腦袋才有問題，哼！」

我跟大介坐在空地的草皮上，無言的看著敬一走遠。敬一的背影消失在神社另一邊之後，大介喃喃的說：「看來還是失敗了。」

「真是白忙一場，好累啊！沒想到用夏葉來引誘他也沒用。」

「不過，不到最後關頭，還不知道結果會怎樣。」

事情都發展成這樣了，大介竟然還抱著一絲希望，我真不懂他為什麼老是不肯放棄。

9 藍色的帽子

今天是星期六，太陽公公難得露臉了。

看到天氣這麼好，我開開心心的出了門，但是太陽真的好大，陽光好強，在太陽底下待不到一小時，我就已經熱到渾身沒勁了。

正當我在祕密基地的陰涼處休息時，夏葉大聲問我：「你不釣了嗎？」

「我想休息一下。」

「幹麼跟老爺爺一樣有氣無力的，快提起精神來！」夏葉今天的心情比以往來得亢奮，這一陣子不是下雨，就是功課太忙，根本沒時間來這裡好好玩。今天終於有一整個下午的時間可以好好玩，因此顯得相當開心。

（我還在為敬一的事情感到沮喪，你就不要管我了。）我在心中默默的這麼

說。

大介是個很隨和的人，從他臉上的表情，看不出那件事對他的影響，他靜靜的坐在夏葉身邊釣魚。

「健太同學，過來這裡坐嘛！」夏葉還是不死心的叫我過去。

我哀求的說：「這位同學，如果要釣魚，早上、傍晚或是陰天都釣得到。現在太陽那麼大，天氣那麼熱，沒必要硬是要釣魚吧！」

「你看你，說那個什麼喪氣話。大介同學，我問你，健太同學說的話是真的嗎？」

「嗯……是那樣沒錯。」大介一邊觀察夏葉的臉色，一邊點頭。

「哦！原來是這樣啊，那我們也來休息一下吧！」

大介和夏葉放下釣竿，朝我走來。大介坐在我旁邊，夏葉在我們對面坐了下來。接著，夏葉從包包裡拿出水壺和紙杯，幫我們各倒了一杯果汁。

冰涼的果汁一入喉，讓我原本沮喪的心情也舒展開來。

大介客套的說：「夏葉同學，老是讓你請喝飲料，真是不好意思。」

夏葉說：「這點小事不要在意。誰叫我是輩分最低的，對吧？前輩。再說，我要是不帶飲料點心來，你們會帶嗎？」

大介俏皮的回答：「嘿嘿，當然不會啊。」

我也跟著說：「再怎麼渴我們也會忍住，對了，就連那個夏橙……阿大，跟她說沒關係吧？」

大介笑著點頭，夏葉傾身向前，專心聽我說話。

我說：「老實告訴你，之前我跟阿大來這裡玩的時候，口渴得要死，阿大就說要吃夏橙。國江町的農田旁邊不是有農舍嗎？那個農舍旁邊就有夏橙樹，我們就是去摘那裡的夏橙來吃。」

夏葉一臉驚訝的看著我們說：「你的意思是，你們讓我們全班同學吃你們偷採來的夏橙嗎？我真是不敢相信。」

「不是啦，你誤會了。原本我們是想偷採，但後來有獲得夏橙樹主人的同意。」

「是真的。」大介也跳出來背書。

「不過，你們原本的確是想要偷採，對吧？」夏葉緊抓著這一點不放。

「我都說不是這樣了，其實我也是被阿大騙……呃……也不能說是被他騙……總之，這過程太複雜，很難跟你解釋清楚！」

在夏葉持續的追問下，我有點措手不及，只好說出真相。不過，仔細想想，要是沒有發生夏橙事件，我們也不可能跟夏葉玩得這麼開心，可以在彼此身邊歡樂嬉戲。

過了一會兒，夏葉說：「大介同學。」

「什麼事。」

「你們不是說要約敬一同學來嗎？後來怎麼了？」

大介一邊喝著果汁，向我使了個眼色。於是我替他回答：「昨天我們兩個有去找敬一，邀他今天來家下川玩，還跟他說這裡有很多魚……」

「然後呢？」夏葉接著問。

「應該是不會來吧。雖然這個結果我們早就知道了……」我避重就輕的解釋，完全沒提我們追逐敬一的過程，以及利用夏葉引誘敬一上鉤的事情。

老實說，我不希望夏葉知道這些事。再說，大介很希望敬一能來，我卻覺得敬一不來也無所謂。不想就不要來，這樣我也樂得輕鬆。雖然這是我的真心話，但我沒辦法直接說出口。

「那就沒辦法了……」

夏葉一這麼說，大介就在旁邊喃喃自語：「可是，他也可能會來啊。」

大介真不知道是哪來的自信，對於他這樣的個性，我早就無計可施了。

後來我們又在祕密基地下游的淺灘抓魚，夏葉還是跟以前一樣興致勃勃，帶著網子和水桶直接走入河裡。

「哇，水好涼喔，好舒服喔！」夏葉開心的叫著。

聽到夏葉這麼說，我刻意挖苦她：「哪有人會覺得排水溝的水很舒服啊，你真是個怪咖。可愛的女孩子絕對不可能走到河裡去的。」

夏葉立刻反擊：「喂！你這樣是性騷擾喔。再說，我才不想當可愛的女孩子呢！」

「你說什麼？」

「啊，你幹麼啦！」

我撿起腳邊的石頭往夏葉旁邊丟，轉頭一看，大介正抬頭看著堤防發呆。

「阿大，你在等敬一嗎？」

「什麼？沒有啦……好，我要來抓魚了，我絕對不會輸給夏葉的！」大介故作開朗的說。

不只是我剛剛有點沮喪，大介今天也沒什麼精神。

後來我們三個人分頭去抓魚，發現可疑的水草或垃圾時，就將網子放在附近，用腳趕魚。這是我跟大介學來的方法，既可以輕鬆抓到魚，過程也很好玩。

雖然技術優劣會影響捕獲數量，但最大的變數還是在放置網子的次數，以及捕魚地點的運氣。由於這個緣故，無論是捉到魚的數量或種類，我經常輸給夏葉。

不曉得玩了多久，我們的水桶中裝滿了各種漁獲，有鯽魚、青鱂魚、平頜鱲、蝌蚪、小龍蝦，還有許多我們不知道名字的魚以及蟲。從種類來看，也有很多不知道名字的物種。

「健太同學——」遠方傳來夏葉的呼喊聲。

「什麼事？」我也大聲回應。

「快來，快來！」

（有事找我的話，應該是你過來才對吧？）雖然我心裡碎碎念，但並不討厭她叫我過去。我拿著水桶和網子，搖搖晃晃的走進河裡。我走到夏葉身邊時，只見她一臉得意的看著我。

（她一定抓到不得了的魚了。）我心裡這麼想，一步步走過去。每次夏葉抓到大魚或稀奇魚種時，她就會露出現在的表情。

「健太同學，你的成績如何？」

「嗯，還可以啦。你呢？」

「你看！我抓到這麼多喔！」夏葉自信滿滿的拿出水桶給我看，我仔細觀察

健太同學，快來、快來！

裡面的魚。我發現水桶裡雖然有很多魚，但幾乎跟我抓到的一樣。

我說：「真厲害，你抓到好多魚喔。」

夏葉嘟著嘴向我抱怨：「什麼嘛！你根本是在敷衍我，看仔細一點啦！」

我接過她的水桶，重新看一次。

夏葉在旁邊說：「看那裡，角落那條魚。」

「你說這個嗎？這是蝌蚪吧？」

「你再看清楚一點！」

我用雙手捧起夏葉指給我看的蝌蚪。（……啊！）沒想到夏葉抓到的是……

「這是鯰魚！」我驚呼。

「沒錯！」夏葉得意的說。

夏葉抓到的是鯰魚寶寶，身長只有三公分左右，看起來幾乎跟蝌蚪一模一樣。不過，現在在我掌心裡的魚，很明顯有長鬍鬚。

我驚嘆的說：「鯰魚寶寶好可愛喔。」

「呵呵，我抓到三條呢。」

「你在哪裡抓到的？」

「在那裡的淺灘，你要去看看嗎？」

「我要去，我要去。」

我也很想要抓到鯰魚。鯰魚寶寶長得很可愛，這是原因之一，重點是，身為抓魚界的前輩，我怎麼可以沒抓到夏葉抓到的魚呢？

「在這裡，就是這裡，水草根部那邊。」夏葉指給我看的地方，的確像是魚寶寶會棲息的區域。

我放好網子，用右腳慢慢撥動水草根部。河水瞬間變得很混濁，什麼都看不到。即使如此，我還是很沉著的拿起網子。

「抓到了嗎？」夏葉關心的問。

鯰魚寶寶從被我撥進網子的泥沙中探出頭來，而且我一次就抓到四隻。鯰魚寶寶的頭在太陽光的反射下，發出閃亮亮的黑色光芒。

「厲害吧！我一次抓到四隻。」我驕傲的向夏葉炫耀。

「要不是我告訴你在哪抓到的，你抓得到嗎？」夏葉不滿的反駁我。

「話不是這麼說，這是實力。這代表我很會抓魚。哈哈哈！」

「你的個性真的很討厭耶。哈哈哈！」

我們將水桶放在岸邊，仔細觀察鯰魚。後來，大介也走了過來。

大介問：「你們抓到什麼有趣的魚嗎？」

「我們抓到了鯰魚，是鯰魚寶寶喔。是我第一個發現的，我很厲害吧！」夏葉興奮的邀功。

「這些都是在同一個地方抓到的嗎？」

「是啊。」

「嗯嗯，那麼他們一定都是同一家的兄弟姊妹。」大介說完話，又偷偷抬頭往堤防看了一眼，才小聲的對我們說：「阿健、夏葉，你們安靜的聽我說。我發現敬一在堤防那邊。」

我跟夏葉完全說不出話來，這個事實太驚人了。昨天那麼篤定說不會來的敬一，現在竟然就在附近。

大介繼續說：「我剛剛就發現他了，他已經來來回回好幾次了。」

我問：「他一個人來的？」

大介回答：「嗯，看起來只有他一個人。」

我們三人決定假裝沒有發現敬一，繼續說話。我用餘光一瞄，果然發現草叢縫隙裡有一頂藍色帽子微微晃動。

「阿大，現在要怎麼辦？要叫他嗎？」我問。

「如果我們叫他，他一定會跑掉。而且昨天才剛發生那樣的事……」大介說。

「難道我們只能等他自己下來嗎？」要是他不下來呢？

「可是，他剛剛已經來回看了好幾次，如果沒有特別的原因，他不可能自己下來的。」大介說的話很有道理。

「你這麼說也對……」我也不知道該怎麼辦。

夏葉看我們無計可施的樣子，只好決定站出來。她拍了一下自己的手，然後雙手叉腰的說：「真拿你們沒辦法，只好我出馬了。我去帶敬一過來，你們沒意見吧？」

大介回答：「當然好啊。」

「健太同學呢？」

我也回答：「好……」

夏葉確定我們都同意後，就若無其事的往敬一藏匿的堤防下方走去。堤防那邊長滿了雜草，從敬一的角度應該看不到夏葉。

我跟大介繼續裝作認真觀察水桶裡的魚。

（不知道夏葉會怎麼做？）

夏葉蹲低身體走上堤防，敬一好像還沒發現夏葉。

（夏葉能順利抓到敬一嗎？）

（敬一一定會跑掉的。）

我跟大介就這樣靠著眼神交流，此時夏葉已經快走到了，說時遲那時快……

（哎呀！敬一要跑掉了。）

藍色帽子開始動了起來，原來是敬一發現到夏葉，想要轉身逃走。

我跟大介遙望著那片油綠綠的草叢，看見一個若隱若現的藍色帽子，和夏葉隨風搖曳的黑色長髮。兩個人一直維持一定的距離，就這樣往上游跑去。

「我們也去追！」我說。

「嗯！」

我跟大介抱著網子和水桶，跑上堤防後，拚了命的在兩人後面追著。我們用盡全力跑到水門，卻不見兩人蹤影。

「他們跑哪去了？」

「不曉得夏葉有沒有追上敬一。」

我跟大介口中念念有詞，睜大眼睛四處張望，總算看到夏葉和敬一兩人從竹林那邊走過來。

我們不曉得該用什麼表情迎接他們，於是帶著網子和水桶，走回水門下方的祕密基地。然後再裝成若無其事的樣子看著水桶裡的魚，等他們回來。

＊

夏葉一進來就說：「健太同學、大介同學，我把敬一同學帶來嘍！」

敬一跟在夏葉後面，一臉防備的慢慢從堤防上走下來。

大介說：「歡迎你來。」不過敬一沒有回應。我也默默不說話。

敬一驚訝的看著隧道裡的空間，不忘為自己來這裡的行為找託詞，對我們說：「我是剛好路過這裡才來看看的，真的只是剛好經過而已。」

大介問：「那你剛剛去哪裡？」

敬一看向大介，語氣強硬的回答：「我剛去岡崎買東西，回來時剛好經過這條路，誰知道夏葉突然追著我跑，我不得已才過來看看的。我根本不知道你們在這裡。」

大介聽了敬一的回答後，開心的說：「真是太好了，沒想到這麼湊巧可以遇到你，我們真幸運。」

（大介說謊都不打草稿的，他明明就知道敬一來來回回偷看我們好幾次，而且這件事還是他發現的耶！）

即使如此，大介還是幫自尊心很強的敬一保留了面子，沒有刻意戳破他。我不發一語，靜靜的看著他們兩人的互動。

「話說回來，家下川還真髒啊，真搞不懂你們怎麼會想在這邊玩。」聽到敬一這麼說，夏葉不甘示弱的回擊：「是這樣嗎？習慣之後，你就會發現這裡很好玩喔！」

「……是這樣嗎？……嗯，如果我能習慣的話。不過，可能要花很長一段時間才會習慣吧？」

「會嗎？我一天就習慣了。」

「這樣啊……嗯……每個人不一樣嘛。」

聽著敬一與夏葉的對話，我快要忍不住笑出來了，敬一根本不敢違逆夏葉。看到敬一的表現，我可以確定一點，敬一之所以會來這裡，絕對不是因為我和大介的請求，也不是想來這裡看魚，純粹是因為夏葉在這裡的關係。

大介像是想到什麼似的說：「對了，敬一，來看魚。這些魚是我們剛剛抓到的喔！」

「……」敬一沒有回應大介，還擺出一副厭惡的表情。顯然，他還是不想承認家下川有魚。

大介將三個水桶拿到敬一面前，敬一問：「這些真的是在這裡抓到的嗎？」

（你這傢伙剛剛不是躲在一旁偷看我們嗎？再怎麼說也應該看到是我們抓的吧！）

夏葉說：「敬一同學，最右邊那個水桶裡的魚，都是我抓的喲！」

「真、真的嗎？哇，好多魚喔！」

「我很厲害吧？」

「嗯，你好厲害喔。」

我真的是愈來愈看不起敬一了，站在自己喜歡的女孩面前，平時的跩樣竟然完全消失。

大介在此時開口問：「敬一，你對魚類很熟對吧？」

「還可以啦！」

「你可以教我辨識魚的種類嗎？我完全不懂。」

「可以啊。你把這個水盆裝滿水，我把魚一隻隻放進這裡，順便教你。」敬一說完，大介就拿著水盆往外跑。

大介回來後，敬一以熟練的手法從水桶中抓魚，同時告訴大介這隻魚叫什麼名字，一邊放入水盆裡。

「這是鯽魚、這也是鯽魚，這隻是青鱂魚，這也是鯽魚，再一隻青鱂魚……」

（原來如此，這麼一來既可以數數，又可以確認所有魚類。）

大介敬佩的說：「真不愧是敬一，我們都不知道要怎麼抓，每次只會搞得水桶裡一團混亂。」

敬一背對著大介回答：「這是常識，你懂嗎？一定要溫柔對待抓到的魚，絕對不能讓魚受傷或是造成額外負擔。沒有這點概念的人，沒資格抓魚。」

這句話惹得我跟大介火冒三丈，但又不好意思當場發飆，幸好當時敬一蹲在地上背對著我們，於是我默不作聲，將大拇指往下指。

「哇，太酷了，這是鯰魚的 larval fish。」敬一大喊。

「larval fish ？」大介問。

「就是幼魚，也就是魚寶寶的意思啦！夏葉同學，快來看。你看牠，有六條鬍鬚對吧？」

此時大介插嘴說：「敬一，鯰魚的鬍鬚只有四條耶。」

「所以我才說你們是門外漢啊。鯰魚小時候的鬍鬚有六條，長大之後就會變成四條，這是牠們的生長特性。」

「原來是這樣啊！」大介打從內心感到敬佩。

敬一繼續點名。「這是平頜鱲，這隻是長頜鬚鮈，還有這個是……」

大介問：「怎麼了？」

「這條魚我不太確定，可能是朝鮮興凱鮈，或者是日本鮈，可能要仔細調查一下才知道。」

我問大介：「阿大，你聽說過那兩種魚嗎？」

大介老實的回答：「我不知道。」

敬一說的魚名，我跟大介從來沒聽過。

敬一繼續將三個水桶裡的魚全都拿出來，放入水盆裡。他清點漁獲的速度相當快，讓我不得不佩服，敬一真的很了解魚。

「這裡有鯽魚、鯉魚、平頷鱲、長頷鬚鮈、野生青鱂魚、鯰魚以及我不知道名字的鮈魚，總共有七種、約五十隻魚。」

「敬一，水桶裡還有耶。」大介出聲提醒敬一。

「那些都不是魚，而是蝌蚪、水蠆以及小龍蝦。呼——說真的，你們抓到的水中生物還真不少呢。」敬一一說完，當場坐在地上，不發一語。

「你怎麼了？」大介問。

「不管是魚還是什麼……」敬一欲言又止。

「家下川的水中生物真的很多，對吧？」

「這次是我輸了，我認輸……」平時自信滿滿的敬一，如今說起話來有氣無力，一點都看不出以往的氣勢。

我們只是想要讓敬一知道「家下川有魚」而已。老實說，自從敬一說家下川沒有魚之後，我一直很想看他出糗，現在終於達到目的了。

不過，如此一來，因為發表研究結果而獲得第一名的敬一，現在就變得站不住腳了。我雖然不會落井下石的說他「自作自受」，但也不會同情他。

我能充分感受到他備受打擊的心情，夏葉似乎也能理解他的心境，一直盯著沉默的敬一側臉。

「敬一。」大介首先打破沉默。

敬一意興闌珊的「嗯」了一聲。

「要不要來抓魚？用自己的雙手抓魚，這種感覺能讓你好一點喔。」

「不用了，我不要抓魚……」

「什麼不要抓魚，我看你是不會抓魚吧？你從來沒抓過魚吧？」大介一反常態的用諷刺的話激敬一，但敬一還是不說話。

「如果沒在家下川抓過魚，就不可能了解這裡的魚，也不可能清楚河川生態！」大介繼續說著。

「……」敬一依舊沉默不語。

大介那麼強勢的語氣，讓我跟夏葉都嚇了一跳，完全不敢搭話。

沒多久，敬一默默的站了起來，對我們說：「……我要回家了。這種鮒魚可以給我一隻嗎？我想在家裡調查這是什麼魚。」

夏葉撿起腳邊的紙杯，正想拿給敬一，此時大介突然開口阻止：「不行！」

（大介，你在幹麼？）

「想調查就自己抓，河裡面還有很多鮒魚！」大介還是維持強硬的態度。

「……」敬一沒再堅持，只是默默的走出去，我一直盯著他那略顯落寞的背影。

大介對著那看起來就像是紙人偶一般搖搖欲墜的身影喊著：「敬一，明天要來喔，明天下午一點，我等你！」

敬一頭也不回的跑上堤防。

10 學不來的天分

到了星期天早上，我正在房間發呆，聽到媽媽叫我的聲音。

「健太，有你的電話！」

我走出走廊，看到媽媽拿著話筒，笑著走向我。「是女孩子打的，真有你的。」

「別亂說！」我一把搶過話筒，走進房間裡。

我對著話筒說話：「我是健太，請問是哪位？」

「我是夏葉……」

「哦，早安……」我一屁股坐回床上。

「今天不是約了要去家下川嗎？可是，我有點擔心昨天發生的事情。」

「嗯，聽你這麼一說……」

昨天敬一走了之後，情勢急轉直下，當事人之一的大介坐在地上不說一句話，看到大介這樣，我跟夏葉也不知道該說什麼。更糟的是，我們三個人都受不了沉重的氣氛，最後只好各自回家。

「不知道敬一同學今天會不會來？」夏葉問。

「我覺得他不可能來。敬一的自尊心那麼強，而且他從以前就看不起阿大，昨天被阿大說成那樣，今天怎麼可能會來？」

「這樣啊。」

「你是怎麼回事？你是在擔心敬一嗎？」我反問夏葉。

「才不是這樣！我是擔心大介同學，要是敬一同學不來，大介同學一定無法振作起來的。」

「你的話也有道理。不過，我覺得敬一也滿可憐的。」

「是啊……欸？健太同學怎麼會同情敬一同學呢？真不像你。」

「我才不是同情他呢！只是覺得……坦白說我很討厭那個傢伙，可是現在事情變成這樣，我真的不能接受。之前敬一信誓旦旦的說家下川沒有魚，後來阿大還跟我提議去找敬一，想讓他看看家下川有魚，所以我跟阿大才會三番兩次找他。這件事你也知道啊！」

「是啊。」

「既然如此，讓他看到不就好了嗎？事情不就該結束了嗎？阿大有必要再說那些話嗎？這一點也不像阿大。他老是憨憨的笑著，從來沒有發過脾氣……我在想，說不定阿大比我還討厭敬一。再怎麼說，敬一曾經那樣欺負他，阿大那麼討厭敬一也是可以理解。話說回來，那兩個人不只是不同類型的人，也沒有任何共通點，就像水與油一樣，完全不相容。」我一股腦兒的說出自己的想法。

「……是這樣嗎？」

「咦？你不這麼認為？」

「嗯，我認為不是這樣。雖然你說敬一同學欺負大介同學，但敬一同學從來沒說過大介同學是騙子。」夏葉也說出自己的觀察。

「這件事我也知道，不過，我認為這是他卑鄙的作戰策略，自己故意不說，讓別人說，你不覺得嗎？」

「……這個嘛……」

「你也是這麼想的吧？」

「照你這麼說，其實我也跟敬一同學一樣。我雖然沒說過大介同學是騙子，但也沒阻止過班上同學。」

（啊，我都忘了……）

事情的確如夏葉說的那樣。不只夏葉沒有阻止，我也沒有。事實上，包括我在內，班上所有同學都是卑鄙傢伙。

「還有，剛剛你說敬一同學和大介同學是不同類型的人，但我認為他們兩個有點像。」

「你說什麼？不可能，他們一點也不像。」

「是嗎？雖然他們兩個做的事看起來一點也不像，但其實很雷同……」

（……）我不知道夏葉到底想說什麼。

我問夏葉：「我記得你以前曾經說過類似的話。」

夏葉問：「什麼？」

「你第一次到家下川玩的時候，你曾經說我跟你很像。」

「你記得真清楚，呵呵呵，不過，我們真的很像喔。」

「我不懂你的意思！」我真的是快被夏葉搞瘋了。

「可能是我自己個人的習慣，我一看到你就覺得我們很像。我認為與其看別人與自己不一樣的地方，不如去找彼此相近之處，這樣比較有趣。發現彼此有共通點，就會覺得比較安心……不過，若是找到與自己不一樣的地方，又會覺得很吸引人……」

「你說的話太高深了。」

「會嗎？」

「不管怎麼說，我們下午一定要去家下川。就算到時候敬一沒來，我們三個人也要好好玩。」我打定主意不受敬一影響。

「嗯，沒錯。話說回來，你有點出乎我的意料之外。」

「嗄？什麼意思？」

「沒想到跟健太同學講電話這麼好聊，人真的不可以看外表呢！」

「要你管，我掛嘍！」我說完就掛上電話。然後躺在床上，盯著天花板。

（人真的不可以看外表……其實你也一樣。）

跟夏葉說完電話後，我一直在想大介、夏葉，還有敬一的事情。

（相似的地方、不同的地方、相似的地方、不同的地方……）

雖然我想破頭也想不出個道理來，但這個過程真的很有趣。在認識大介之前，我從來沒有這麼認真思考別人的事情。我以前認為我有很多朋友，但從來沒有一個個深入分析過。

我靜靜的閉上雙眼，回想著他們三人的臉。

＊

下午一點，我、大介跟夏葉早已聚集在家下川。或許是因為我們很想知道敬一到底會不會來，所以早在約定時間之前，所有人都到齊了。

我帶著網子在淺灘晃來晃去，夏葉向我走來，問我：「不知道敬一同學會不會來？」

「好，我們來打賭吧！我賭他不會來，賭注是一罐可樂！」

「我也賭他不會來，賭注是一罐可樂！」夏葉跟我都賭他不會來，這樣就無法成立賭局，於是我們一起看向大介。

大介一看到我們的眼光，驚訝的說：「欸？我也要賭嗎？真拿你們沒辦法……那我賭他會來。」

「好棒喔！今天有可樂喝了！」我跟夏葉故意在大介面前擊掌慶祝。

「你們兩個不要高興得太早，鹿死誰手還不知道呢。」今天的大介好像早就將昨天的事情拋在腦後，神情看起來很平靜，像以前一樣。

大介一看到我將手裡的網子放在草地上就問我：「阿健，你不抓魚嘍？」

「我要休息一下。」

「你已經膩嘍？」

「嘿嘿，每天抓魚當然會膩啊，是阿大太不正常了啦！」

「是這樣嗎？」大介歪頭不解。

「我這個人的缺點就是三分鐘熱度。」

我一說完，夏葉也放下了網子，開口說：「不過，我認為這不是缺點，這是健太同學的天分。」

「嗄？三分鐘熱度算天分嗎？」我訝異的反問夏葉。

「是啊。我在書中讀過這麼一段話，將自己的缺點全部當成天分、當成個性，如此一來，就會愈來愈喜歡自己。」

「這太奇怪了吧！這麼說，成績不好也是天分嘍？」

「當然，那是『在考試中考三十分』的天分。像我就辦不到，我每次都考一百分，沒辦法考三十分。」

聽到夏葉這麼說，大介開心的笑著附和：「哈哈哈，那跑得慢也是天分嗎？」

「是啊，那是『會慢慢跑』的天分。」

「那歌唱得很難聽呢？」大介又問。

「那是『會唱音不準的歌』的天分。」

「哇！那我不就超有天分！」

「沒錯，大介同學是個超有天分的人。」

「這麼想真的好好玩喔。」大介對於夏葉說的話很感興趣。

夏葉繼續說：「不是只有比別人出色的地方才是天分或個性，表現不如人的地方，也是別人都不會的天分與個性。換個角度想，就會愈來愈喜歡自己，也會喜歡別人。」

雖然，我也認為夏葉說的話很有趣，但我並不像大介那麼好說服。要是這個世界這麼簡單，我們就不用念書了。正是因為在社會上生存很辛苦，大家才會這麼努力。

夏葉問：「大介同學，你喜歡自己嗎？」

「……我並不討厭。」大介回答。

夏葉又問：「健太同學，你呢？」

「我不知道耶……」我的壞習慣就是不會正面回答別人的問題。

夏葉接著又說：「我最近喜歡上自己了，在跟你們一起玩之前，我一直很討厭自己。」

我跟大介都沉默不語，夏葉的話讓我發現到一件事。

（其實我也跟夏葉一樣，跟大介玩在一起之前，我很討厭自己。難道這就是我跟夏葉的相似之處？）

正當我沉浸在自己的想法時，大介突然叫我：「阿健！」

「什麼事？」

「那邊有一個奇怪的人影耶。」

「奇怪的人影？」

我們三人站在堤防下方，同時看向大介手指的方向。距離祕密基地有點遠的上游，那裡有一片茂密竹林的廣闊淺灘。

大介說：「你們看，河裡有個人。」

我說：「真的耶。」仔細一看真的有。正如大介所說，河裡有一個人影來回走動著。

從那個人的動作看來，好像是在抓魚，不過那個人不是穿短褲，所以看起來不像是個小孩。

「會不會是敬一同學？」夏葉問。

「應該不是吧！」我說。

「要不要去看看？」大介說。

「嗯，去看看。」我說。

我們跑上堤防，朝那個人的方向跑去。由於那是我們第一次在家下川發現到其他人，因此我跟大介都很想知道他是誰。

跑在最前方的大介停了下來，我跟夏葉也跟著停下來。

大介說：「阿健，你看！」

「那是……」

站在河裡的，正是穿得怪模怪樣的敬一。敬一身上穿著看似長及胸部的大型長筒靴，手裡拿著黑色網子，在河裡走來走去。那個黑色網子看起來相當專業，做工很紮實，而且很沉重，跟我們拿的網子完全不同。

看清楚狀況後，大介說：「過去吧。」

我回了一聲「嗯」，三個人十分謹慎的走下長滿雜草的堤防。敬一應該有聽到我們的腳步聲，但還是裝作沒聽見似的繼續抓魚。

大介出聲呼喊：「敬一！」

敬一假裝嚇一跳，裝出一副現在才發現我們的樣子。接著再擺出「既然被發現就沒什麼好躲藏」的模樣，向我們走來。

夏葉說：「敬一同學，很高興你來了。」

「……」敬一沒有回答。

大介也跟著說：「太好了，我一直認為你會來。」

沒想到敬一一臉不悅的回答：「你們不要誤會，我不是來找你們玩的。」

我們三個人互相看了一眼。

（這個麻煩的傢伙，說什麼都不對……）

夏葉一看不對勁，趕緊問敬一：「那敬一同學來這裡做什麼呢？」

「當然是做研究啊，還用說嗎？既然我已經知道這裡有魚了，那就一定要好好觀察並調查河川生態才行。」敬一理直氣壯的回答。

「敬一同學好認真喔。」夏葉說。

「嗯，當然啦！」敬一突然變得很開心的樣子。

「你穿的那是什麼啊？」夏葉指著敬一的長筒靴問。

「這叫做涉水褲，我爸都叫它笨蛋靴。因為我爸每次都說這個靴筒也太長了，長得跟笨蛋一樣沒用，所以叫它笨蛋靴。」

我小小聲的說：「因為是笨蛋穿的靴子，所以叫笨蛋靴。」

夏葉聽到後，打了我的背一下，不過大介覺得很好笑，忍不住遮住自己的嘴巴，呵呵的笑了起來。

「是喔，原來這叫笨蛋靴啊。」夏葉看起來很感興趣的樣子。

「只要穿上它，就不會被汙水弄溼，也不會受傷，更不用怕感染黴菌。」敬一也說得很起勁。

（這條河的水的確是不夠乾淨，不過，我們一直都是打赤腳在水裡玩耶。）

敬一說的每句話都踩到我的地雷，如果只有我一個人，我一定當場發飆。不過，我決定讓個性成熟的夏葉去處理。

「敬一同學，我們也可以跟你一起做研究嗎？」

「如果是你的話，那還無所謂。可是另外兩個笨手笨腳的，我又不是來這裡玩的，他們會阻礙我觀察，造成我的困擾。」

「那我們可以在旁邊看你如何觀察嗎？」夏葉接著問。

「如果你們堅持要看，那就讓你們看好了，不過絕對不能出聲喔。」敬一一說完，就轉過身去開始抓魚。

於是我們走到堤防上坐著，看敬一抓魚

我小聲的跟大介說：「敬一那傢伙真的來了耶。」

「嗯，他果然很喜歡魚。」

我爸說，
這雙靴子靴筒太長，
笨而無用，
所以叫它「笨蛋靴」。
是喔，原來這叫
笨蛋靴啊。

「你真敢說，敬一是因為夏葉在這裡才來的。」

「是這樣嗎？」

只稍微注意敬一的語氣和態度就會發現這一點。

我說：「他表現得太明顯了，只要是夏葉說的話，他什麼都會聽。」

夏葉問：「你們在說什麼？」

「沒什麼，沒什麼，我們什麼都沒說。」我連忙裝傻。

後來，我們注意到堤防邊放著敬一的物品，大介悄悄的走到那裡一看，像是看到新奇事物似的蹲了下來。對我說：「阿健，敬一帶的東西都好酷喔。」

堤防邊放著筆記本、色鉛筆以及量尺，除此之外，還有一些我從來沒見過的用具。

我問大介：「他要用這些東西做什麼啊？」

大介回答：「那還用問？一定是調查時要用到的東西，可以記錄魚的種類啊。」

「那色鉛筆要做什麼用？」

「應該是用來畫魚的吧！」

（哼，這傢伙厲害是厲害，但有必要這麼大陣仗嗎？）

夏葉注意到我們說的話，故意問敬一：「敬一同學，你帶這些東西來，要做什麼啊？」

「我要記錄魚的種類、數量以及大小，如果遇到珍貴魚種或是我沒看過的魚，就畫下牠的特徵。」

大介擺出「你看吧」的表情看著我。

敬一接著說：「我說，大介，你不要碰那些東西喔。」

「對不起，對不起。話說回來，你還真是專業，讓我嚇一大跳。拜託你，讓我看一下嘛。」大介回答。

「你真麻煩。」看來敬一是不反對了。

每次遇到這種情形，大介總是能厚臉皮的放低身段，達成目的，這一點真的沒人比得上大介。

後來我們三個放膽的拿起敬一的東西，仔細研究一番。

我首先注意到的是一個大型塑膠瓶。「這是什麼啊？」

「這應該是用來抓魚的工具。」大介回答。

「那這個呢？」夏葉拿著一個大小像巧克力盒的透明盒子問。

大介說：「這個嘛……這不是我的東西，我也不知道。」

夏葉說：「對哦，喂！敬一同學！這是什麼？」她轉頭問敬一。

「那是抓魚用的陷阱。」敬一大聲的回答。

「這個呢？」

「那是觀察盒。」

「這個呢？」

「你很吵耶！這樣我都不能抓魚了啦！」

夏葉急忙向敬一鞠躬道歉，對我們說：「呵呵，我被罵了。」

我承認我們剛剛吵到敬一了，但他抓不到魚不是因為我們的關係，而是他自己技術不好。雖然他穿著專業長筒靴、拿著專業網子，但他抓魚的姿勢一看就知道是個新手，以前應該從來沒抓過魚。

「像他那樣在河中間撈，魚早就跑光了，應該要往岸邊過來一點才有機會。」

我一說完，大介就勸我：「阿健，不如你教教敬一吧？」

我說：「那傢伙不會聽我們的話，阿大你去說說看。」

「好。敬一，你往岸邊過來一點，那裡才能抓到魚喔。」

敬一對大介的建議，擺出「不要吵我」的表情回應。

接著，夏葉說話了。她說：「敬一同學，他們叫你往岸邊試試看！」

只見敬一停下手邊的動作，回答夏葉：「我正想往岸邊走。我想先調查河中間有什麼魚，再去確認岸邊有什麼魚。這是標準的調查方法。」

我心想這小子還真是大言不慚，小聲的對大介說：「我說對了吧？那傢伙只聽夏葉說的話。」

即便是固執的大介，也不得不接受事實，笑得一臉燦爛對我說：「敬一真的喜歡夏葉耶。」於是他轉過身對著夏葉說：「夏葉，我有事想要拜託你。」

「什麼事？」夏葉問。

「再那樣下去，敬一一定抓不到魚，你去教教他好嗎？」

「我去教他？」

看到夏葉露出為難的表情，我對大介說：「阿大，不要強人所難。」

大介說：「那阿健願意教他嗎？」

「那傢伙根本聽不進去我說的話。」

「對吧？所以這件事只有夏葉才能做到。再說，敬一看起來真的很想抓到魚，他如果抓不到魚，就不可能完成調查或研究……」

聽大介這麼說，夏葉只好回答：「真是說不過你，就由我來教他怎麼抓魚吧。不過，你們要來幫我。」

「沒問題，走吧！」

我和大介接受夏葉的條件，站起來並跟在她的後面走入河裡。

我們一走進河裡，敬一就開口說：「大介、健太，可以請你們不要來妨礙我嗎？」

我說：「幹麼說我們是來妨礙你的，我們是看你技術太爛，抓不到魚，才來幫你的。」

沒想到敬一反嗆：「我有說需要你們幫忙嗎？」

（這傢伙說的每句話都讓人火冒三丈。）

大介一看我生氣，立刻說：「那我們來比賽，看誰抓的魚多！」

「比賽？」敬一問。

大介說：「沒錯。敬一與夏葉一組，我跟阿健一組，我們來比賽。」

「什麼？我跟敬一同學一組？」夏葉不滿的說。

敬一看到夏葉不太開心的樣子，趕緊安慰她：「不用擔心，夏葉同學，我有萬全的配備。」

「嗄？」夏葉張大眼睛看著敬一，只見敬一舉起沉重的網子炫耀。或許「自不量力」正是敬一無人能敵的天分。

11 比賽就是比賽

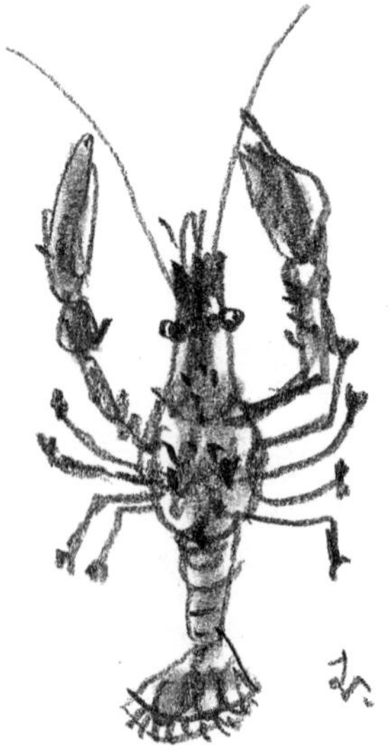

我們四個人分成兩組，站在河中對峙。我旁邊站著大介，站對面的是敬一和夏葉。

大介以不同往常、渾厚有力的聲音說：「敬一，你聽好嘍。這次比賽不以數量決勝負，而是比魚的種類。誰抓到的種類多，誰就贏了。」

「嘿嘿，你們兩個分得出魚的種類嗎？」這傢伙還是一樣那麼跩。

（若是以數量決勝負，我跟大介一定會贏。大介明知道是這樣，卻還是提出要以魚的種類決勝負，難道敬一就看不出大介的用心嗎？）

夏葉抱怨的說：「可是我也分不出魚的種類啊！」

敬一倒是立刻改變態度，跟夏葉打包票說：「不用擔心，交給我。我會幫你確認魚的種類。」

（明明就是連一條魚都抓不到人的，這傢伙哪來的自信啊？）

我終於忍不住誇口：「最後一定是我們贏，贏得太輕鬆了。」

沒想到這句話竟挑起夏葉的鬥志，她大聲回我：「你真是沒禮貌，我絕對不會輸給你的，你準備輸吧！」

「你說什麼……」我的臉咻一下的紅了起來。

不只夏葉和敬一在笑我，就連站在我身邊的大介也在笑。

大介看大家準備得差不多了就說：「抓魚地點沒有限制，比賽時間為兩小時，也就是下午四點為止。比賽開始！」

我們全都拿著網子和水桶，各自往河裡走去。敬一和夏葉一邊討論一邊往上游走，我則跑到大介身邊抱怨：「剛剛你笑什麼？」

「對不起，是我不好。不過，夏葉是認真的喔。」大介說。

「我知道……」

（既然這樣的話，不管發生什麼事，我都不能輸。）

於是我開始認真抓魚，不放過河裡的任何一個地方，無論是覆蓋著河流的草叢、河裡的大石頭，或是沉在水底的輪胎或桶子……只要是任何可能有魚的地方，我都用網子從頭到尾掃過一遍。不只是我，大介也很認真。我們兩個不發一語，默默的抓魚。

過沒多久，從河川上游傳來了一陣笑聲，那是敬一與夏葉的聲音。他們兩人開心的看著水桶裡的漁獲，有說有笑。那一幕看得我滿肚子火。

我告訴自己「我只是生氣，並不是吃醋」，不過會這樣告訴自己，就代表我對夏葉並不是毫無感覺。

此時大介突然開口說：「敬一他們看起來好開心喔。」

「哼，他們也只有這時候能笑了。」我忍不住酸他們。

「哦！阿健很認真喔！你的收獲怎麼樣？有抓到很多種類嗎？」

我往水桶裡看，細數魚的種類給大介聽。「我抓到了青鱂魚、鯽魚、平頜鱲……這隻是？」

「這是長頜鬚鮈。我除了跟你抓到的一樣之外，還有這個。」大介說。

「這是什麼魚？」

「我也不知道。晚一點再問敬一。」

我突然感到不妙，仔細想想，大介其實也不熟魚的種類，連魚名都要問對手，從這一點來看，我們好像輸定了。

我說：「現在看來，我們總共抓到五種。」

「嗯，接下來我們得運用策略才行。阿健，我們換地方吧！我知道哪裡有泥鰍。」大介說得對，一直待在這裡也只會抓到同樣的魚而已。我已經抓到超過二十條平頷鱲了。於是我說：「好，說走就走！」

我們跑上堤防，往上游走去。大介在堤防上往河裡大喊：「敬一、夏葉，你們抓到幾種？」

夏葉大聲回應：「……敬一同學說，不告訴你們！」

我拚命忍住憤怒的心情，低聲跟大介說：「幹麼不說，真是小氣鬼，他們一定只抓到幾條魚。」

「不，現在還看不出來，我們絕對不能鬆懈。」

我們又走了一會兒，大介停下腳步，對我說：「這附近應該有一條很小的灌溉溝渠，阿健，你也一起幫忙找。」

我們探頭望向堤防下方，一邊走一邊找。可惜堤防四周的雜草長得太過茂密，我們完全找不到那條灌溉溝渠。

仔細回想起來，我跟大介第一次在這裡釣大鯉魚時，這些雜草只長到膝蓋高度而已，現在都已經快可以遮到我們的胸部了。想不到在不知不覺中，雜草已經長這麼高了;季節也在我們不經意的時候,逐漸變換新裝。

我說:「找到了,在這裡!」

我們一邊用網子的鋁柄撥開雜草,走下堤防。就像大介所說,堤防下方有一條很小的灌溉溝渠。我們的目的地就是這條灌溉溝渠的匯流處。

大介開心的回應:「走吧!我們下去抓!」

我們一走入河裡,就迫不及待開始抓魚。不過,這裡的河底淤積著泥土,很難行走。

「哇,全都是泥土,軟軟的,好難走。」我忍不住驚呼。

「不過,泥土裡有泥鰍喔。」大介說。

話雖如此,網子裡撈到的全都是泥土,泥土的重量讓我們拿不起網子。

大介進一步叮嚀:「仔細翻一下撈起來的泥土,裡面會有泥鰍。」

(你不是在開玩笑吧?我才不想摸泥土呢!)

只見大介將手插入網子裡的泥土,不斷翻動,看到大介這樣,我只好也把手插入泥土裡。

(唉——為什麼我要做這種事呢……咦?)

我摸到某種會動的物體,立刻伸手連同泥土將「牠」抓起來,快速放入河水中清洗。

洗完後一看，我忍不住嘆氣：「什麼啊！原來是蝌蚪。」

大介安慰我說：「我這邊都是小龍蝦。」

我們一直抓不到原本想抓的泥鰍，最後我把大介留在那裡奮鬥，往下游走一點，試試手氣。兩個人分開抓魚，抓到不同魚的機會比較高，因此我才會與大介分開行動。但若是問我真正的想法，其實是因為我不想弄得全身都是泥。雖說我很喜歡抓魚，也很想不顧一切贏得這場勝利，但坦白說，我還是覺得泥土很髒，一看到泥土就覺得很不舒服。

（這就是我跟大介最大的不同之處……）

我稍微喘一口氣，重整心情，從泥地走到沙地之後，我將網子放入河底窸窸窣窣的撈著。突然間我感覺到有東西掉進網子裡的感覺，我立刻撈起網子一看……

「這是什麼？」我看到一隻長達十公分左右，從未見過的魚。

大介從上游往下走，滿臉泥濘的走到我旁邊。「阿健，你有抓到什麼嗎？」

我將剛剛抓到的魚拿給大介看。「這是我剛剛抓到的，你知道這是什麼嗎？我從來沒看過耶。」

大介興奮的大喊：「哇！這是鱧魚寶寶，你在哪裡抓到的？」
「在那邊。」
「太棒了——沒想到這裡也有鱧魚！」
我曾經聽過鱧魚，之前玩電玩的釣魚遊戲時有看過這個名字。
我問大介：「鱧魚很稀少嗎？」
大介回答：「我第一次在這裡看到。」
大介說的話讓我不由得笑了起來。我跟大介說：「加上這一條，我們有六種了！」
「嘿嘿，我剛剛抓到了泥鰍以及鯉魚寶寶，所以我們有八種嘍！」大介也達成了目標。
「抓魚真的好難喔！我們抓了這麼久，才抓到八種。而且大部分都是鯽魚和平頜鱲。」
「呵呵，你今天好奇怪喔。」大介突然丟出這句沒頭沒腦的話。
「你為什麼這麼說？」
「你以前都是開心的大喊鯽魚耶！平頜鱲耶！今天卻一點也不興奮。」
大介倒是提醒了我，直到昨天為止，我看到鯽魚還會開心大喊，今天卻擺出一臉不屑的樣子說：「什麼啊，怎麼又是鯽魚。」然後就丟回河裡。明明都是同一種魚，卻有不同反應，真是不可思議……

「一定是因為比賽的關係。」大介擅自做了結論。

「因為比賽的關係？」我反問。

「是啊。一定是因為你一心只想贏，所以才無法感到開心。你只想著要增加魚的種類，因此只要抓到相同種類的魚，就會嗤之以鼻。如果我們現在比的是『看誰抓的魚比較大』，你一定連看也不看一眼我們剛剛抓到的所有魚。」

大介的一席話讓我突然想通了，的確，比賽有比賽規則，比賽規則會影響參賽者享受比賽的心態。話說回來，若是不去想「戰勝對方」這件事，是否就能享受抓每一條魚的過程呢？

「覺得大魚比較好、喜歡外表漂亮的魚，或是要愛惜珍貴魚種……這些條件全都是我們人類自己訂定的。其實我們的喜好根本與魚無關，因為魚就是魚。」大介說。

「魚就是魚……」我喃喃自語著。

「以『什麼魚都好』的角度來看魚，對魚實在是太失禮了，但如果能轉個想法，認為『每條魚都很棒』，就會覺得抓魚很有趣了。」

大介說的話深深打動了我的心。

（原來大介是這麼看魚的，難怪他每次抓魚時，看起來都很快樂。正因為他不在乎輸贏，也不要求魚的好壞，所以才能永遠保持自由自在的天性……等一等，這麼說來……）

我問大介：「阿大，我問你，你為什麼提議要比賽？」

「咦？」

「以你的個性，你根本不在乎輸贏的。」

「哈哈哈，是這樣嗎？嘿嘿，我之所以提議要比賽，有我的理由。」

「所以我才問你，為什麼提議要比賽啊？」

聽到我又再問一遍，大介突然做了一個鬼臉，回答：「我是為了要堵住敬一和夏葉的嘴，讓他們沒有理由拒絕，才提議要比賽的！」

「就為了這個？可是，阿大，為什麼要連夏葉也計算在內？」

「因為一定要讓他們兩個一組啊……要是讓敬一一個人輸了，他一定會鬧彆扭。如果是跟夏葉一起輸的話，他就會爽快認輸了。再說，我一定要這麼做，如果不是這樣，敬一不會仔細觀察這條河的。」

「原來如此，你說得對，在夏葉面前，敬一沒辦法找藉口推辭。」我很佩服大介的想法。

後來我跟大介再次拿起裝了水的水桶，搖搖晃晃的開始尋找新的目標。

＊

現在是下午三點四十五分。雖然離比賽結束還有一段時間，但我們已經決定回去找敬一和夏葉了。我們走到祕密基地附近時，看到他們兩人早已坐在塑膠箱子上等著我們回來。他們兩人背對著我們，熱烈交談中。

「不知道發生了什麼事？」

「不知道耶。」

我們一起跑下堤防，夏葉發現了我們，轉身對我們笑，但敬一一直望著河裡。夏葉感覺上笑得很不自然，讓我有點擔心，不過，我沒有勇氣問她。

大介想也沒想就直接開口：「你們剛剛在聊什麼？」

「沒什麼，就東聊西聊。」夏葉回答。

「這樣啊。」

（阿大，再繼續問下去啊！繼續問他們在說什麼。你難道不是想知道才問的嗎？）

夏葉壓低聲音對我們說：「大介同學、健太同學，我發現敬一同學沒有我們想像中的糟耶。」

敬一還是默默的望著家下川。沉默了一會之後，夏葉決定換個話題。「先不管這個了。你們兩個成果如何？有抓到很多種魚嗎？」

「那還用問！我跟阿大聯手一定很厲害的啊。這麼急著想知道我們的成果，難不成你們早就放棄比賽了嗎？」我一說完，夏葉就站起來反駁我：「那是因為我們抓到很多魚，時間太多了。而且我還抓到很厲害的魚喔！」

「什麼厲害的魚？」我問。

「先不告訴你，而且我們的魚筌還沉在水裡。」

「什麼是魚筌？」

還沒等夏葉開口，大介就搶著回答：「阿健，魚筌就是你之前看到的那個細長型塑膠瓶。只要在裡面放魚餌，再沉到水裡就能誘捕魚類。」

「那個東西可以捕魚？」我太驚訝了。

夏葉回答：「敬一同學說那個可以抓到很多魚。」

我說：「很多魚？這樣太狡猾了吧？你們這麼做是犯規！」

「不要這麼小心眼，男孩子就要有男孩子的氣概。」

「話不是這麼說……阿大，你也說幾句話吧！」我轉而尋求大介的支持。

大介說：「嗯，用魚筌應該也可以吧。我們一開始又沒說不能用。」

連大介也站在他們那一邊，我真的很生氣。

此時敬一回頭跟我說：「沒關係，魚筌裡的魚就不算了，晚點再撈起來。」

「敬一同學，為什麼要算了？」夏葉不滿的大喊。

「沒關係啦，只算用網子抓的魚也可以。再說，輸贏我根本不在意……」

「說什麼嘛！」夏葉可不同意。

（喂，敬一，什麼叫輸贏你根本不在意？最怕輸的明明就是你。）

敬一的發言讓我一頭霧水，也讓我相當震驚，不過，我們還是決定先分出比賽結果。我們各自拿著裝了魚的水桶，圍在水盆邊，相對而坐。然後由敬一決定數數方法。

敬一說：「我會一邊做筆記，一邊說出魚的名字，你們就將水桶裡的魚一隻隻拿出來，再放到水盆裡就可以了。這樣清楚嗎？好，那就開始吧……第一種魚是鯽魚。」

大介說：「我有鯽魚。」

夏葉說：「我們這一隊也有鯽魚。」

兩邊各自拿出一條鯽魚，放在水盆裡。只見鯽魚在水盆裡游得十分開心。

敬一接著說：「接下來是平頜鱲。」

「我們有平頜鱲。」

「我們也有。」

「第三種是長頜鬚鮈。」

「長頜……這隻是長頜鬚鮈。」

「哈哈，我們也有。」

真不愧是敬一，他果然對魚瞭若指掌。他只要看一眼水桶，就知道彼此抓到什麼魚。

敬一繼續唱名：「接著是青鱂魚……麥穗魚……鯉魚……泥鰍……」

「啊，我們沒有泥鰍。」夏葉懊悔的說。

「太好了！」我跟大介相當開心。此時敬一說話了。「目前這個階段，由大介健太組領先一分。接下來，就各自拿出一條還沒有唱名到的魚。夏葉同學，把那條拿出來。」

夏葉得意的說：「好。這是長吻似鮈，怎麼樣，你們沒有了吧？」

「可惡，我們沒有。」我緊盯著在水盆裡游動的長吻似鮈，牠身上的紋路看起來就像是沙子一樣，還有白色鬍鬚，外形相當漂亮。

現在兩邊打成平手，接下來輪到我跟大介這一組，大介從水桶裡拿出一條魚，對夏葉說：「我們有吻鰕虎，你們有嗎？」

夏葉回答：「有，我們也有。」

過程真是緊張刺激，雖然剛剛我也認為不要太在乎輸贏，但一旦面臨決勝負的關鍵時刻，還是會感到一股特別的緊張感。

這次輪到夏葉。「接下來我們拿出的是這個，敬一，這是什麼魚？」

敬一回答：「這是朝鮮興凱鮈鮈。」

大介急著問：「哪一條才是朝鮮興凱鮈鮈？長得什麼樣子？」

敬一看我們慌張的模樣，探頭看向我們的水桶。「你們也有啊，就是那一條。」

大介驚呼：「哇——原來這就是朝鮮興凱鮈鮈啊！」

我們經常看到這種魚，直到今天才知道牠叫什麼名字。

接下來輪到我跟大介。大介拿出一條魚問：「這一隻你們有嗎？我不知道牠叫什麼。」

敬一看了一眼後說：「那是凝鯉，長大後身長會超過六十公分。」

「哦——是這樣啊。」大介說。

「討厭啦，我們沒有抓到凝鯉。」夏葉不甘心的說。

比到這裡，我忍不住大聲說：「太好了！阿大，我們又領先一分了。」

「是啊。」相較於大介的冷靜，我看起來相當興奮。夏葉瞪著我們兩個，開口說：「好吧，接下來讓你們見識一下我們的祕密武器好了。」

我反虧夏葉：「你在裝腔作勢個什麼勁啊？」

夏葉別有深意的「嘿嘿」一笑，從祕密基地裡面拿出另一個水桶過來，小心翼翼的打開蓋子說：「這個你們就沒有了吧？」

我忍不住驚呼：「哇！這是什麼？」

水桶裡裝著的是身長有五十公分的大鯰魚，全身散發著光滑的黑色光芒，還有直挺挺的長鬍鬚。這是我有生以來，第一次看到這麼大的鯰魚。

我問：「這是夏葉抓的嗎？」

夏葉回答：「當然哪。」

「可惡！不過，我們的比賽與魚的大小無關。啊，我怎麼會忘了抓鯰魚？真糟糕！只要去昨天那裡就能輕鬆抓到鯰魚寶寶了，哎喲，我在幹麼啦！」

戰局就這樣不小心被追平了。我們的水桶裡只剩一條魚，夏葉看起來相當悠

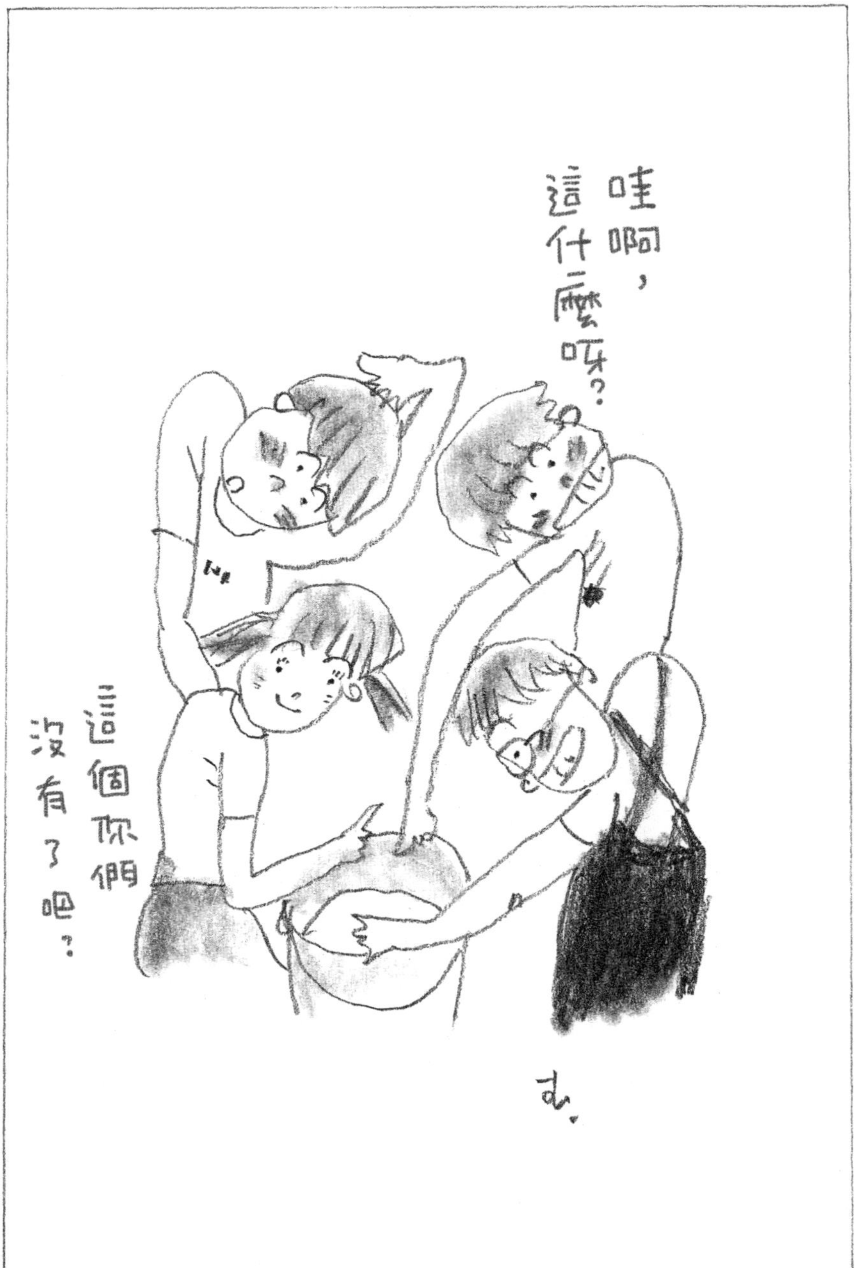
哇啊，這什麼呀？
這個你們沒有了吧？

哉，我們卻已面臨最後關頭。

眼看掙扎下去也沒用，於是我拿出最後一條魚：「這是我們的最後一條魚。你們有嗎？這是鱧魚！」

「真的假的——你們抓到鱧魚嗎？好厲害喔！」敬一突然大叫出聲，把我嚇了一大跳。

而且，敬一還說我們「好厲害」，這種感覺並不差。第一次看到鱧魚的夏葉，也瞪著大眼睛，看起來十分驚喜。

突然，她像是想到什麼似的開口說：「呵呵呵。你剛剛說這是你們的最後一條魚，對吧？也就是說，我們現在輸你們一分，只要我們的水桶裡還有兩隻以上的魚，我們就贏了！」

「不要再裝腔作勢了。」我又忍不住酸了一下夏葉。

「我才沒有裝腔作勢呢。你想看的話，就給你們看好了。鏘鏘——」

夏葉露出贏定了的表情，指向他們那一組的水桶，我探頭一看，完全不知道該說什麼。「你剛剛鏘什麼鏘，裡面根本都不是魚！」

水桶裡只剩下蝌蚪以及小龍蝦，就算是小學一年級也知道牠們不是魚。

夏葉故意裝傻的說：「不行嗎？」

「當然不行！比賽就是比賽，要遵守規則。」我態度堅定的說。

不過，夏葉還想再拗一下。「有什麼關係，那都是用網子抓的耶。」

「那用網子撈到的空罐也算數嗎？」

「你幹麼這樣啊！也不想想看之前在釣小龍蝦時，是誰笑得那麼開心啊？現在就排擠小龍蝦，這樣小龍蝦很可憐耶。」夏葉還在賭最後的希望。

「那是兩回事吧！我也抓到很多小龍蝦和蝌蚪，但因為牠們不是魚，我全都丟掉了耶。」我也不甘示弱的維護自己的立場。

「欸，你竟然說『丟掉』，有愛心的人都會說『放回河裡』。說丟掉太過分了吧！說到底，健太同學就是歧視小龍蝦，唉——我真是對你太失望了，沒想到你是這種人。」

「……」看來要用道理說服夏葉是不可能了。

我轉頭一看，不只大介在笑，就連敬一也笑得很開懷。他們兩個臉上都有一種難以言喻的祥和感，只有我跟夏葉一頭熱的爭辯比賽結果。

「大介，你可以接受嗎？小龍蝦根本不是魚啊！」我要大介站出來幫我說話。

「我是無所謂啦……畢竟我是有愛心的人，呵呵呵。」沒想到大介竟然跟著夏葉挖苦我！

（你這個叛徒！）

我再問：「敬一呢？你怎麼想？」

敬一回答：「我認輸。蝌蚪是兩棲類、小龍蝦是甲殼類，牠們都不是魚類。不過，我是夏葉同學的徒弟，師父說的話我一定要聽。」

「徒弟？」

夏葉說：「沒錯，敬一同學向我學習抓魚技術，當然是我徒弟嘍。你認不認輸？一句話。」

「什麼一句話……這根本不是魚啊……氣死我了，好啦，算你們贏啦！」事情發展到這樣，我只好妥協。

「好棒喔，我們贏了！」夏葉興奮的大叫。

（哪有這樣的……這個死阿大……虧你還說要堵住敬一和夏葉的嘴。）

大介似乎早就將剛剛跟我說的話拋在腦後，一直在呵呵笑。敬一也笑得很開心，只有我垂頭喪氣。結果，最後的贏家就是夏葉。不過，一看到夏葉的笑臉，我的心情也逐漸開朗了起來。

12 敬一的決心

抓魚比賽告一段落後，我們將敬一用來捕魚的魚筌，從水裡拉起來。

敬一說：「架設魚筌時，要將入口處對準瓶子內部，如此一來，魚進入瓶子裡之後，就再也出不來了。因此，一定要注意入口的方向。魚在游泳時都會將頭朝向上游處，所以魚筌的入口處要朝下游擺放。」

「朝上游放不行嗎？」

「不行，朝上游放的話，漁獲量就會少一半以上。你們想想看，魚筌裡會放魚餌，此時魚餌的味道會往哪裡流？」

「直接往下游流出來……」

「沒錯，如此一來，魚就會從下游往上游聚集。」

由於我們都沒看過魚筌，因此敬一簡單說明了魚筌的機關和用法。於是大介探出頭盯著放在河裡的魚筌看，跟我們大家說：「真的耶，真的是這樣耶，跟敬一說的一模一樣。」

我們也連忙探出身體，仔細觀察沉入河裡的魚筌。那個魚筌沉在水深六十公分處，靠近岸邊的河裡，因此即使是水質混濁的家下川，也能看得清楚。看到魚筌的模樣，大介興奮的說：「你們看，瓶子裡面的魚餌一直在溶解，變成一條長長的帶子。仔細看，那裡有魚的蹤影，啊！進去了，魚進去了！裡面有好多魚喔！」

「在哪裡？我沒看到。」

「哇，我看到了，好多魚喔。」第一次使用魚筌，讓我們三個人擁有了全新的體驗。

等眼睛看習慣流動的水流之後，就會看到魚受到魚餌的味道吸引，游進魚筌裡的模樣。

夏葉說：「敬一同學，這樣可以了吧？把魚筌拉上來吧！」

「不要緊張，魚不會跑掉。」敬一先穩定我們的情緒，接著拿起網子，仔細觀察河裡的動向，接著說：「我等一下會拉起裝在魚筌上的繩子，大介幫我用網子撈起魚筌，避免魚從入口跑掉。」

「嗯，沒問題。」大介回答。

準備好之後，敬一就拉起繩子，大介則伸出網子。我跟夏葉擠在敬一和大介中間，緊盯著河裡。

不一會兒就看到魚筌在水裡載浮載沉，大介立刻用網子接住，敬一再將繩子往上拉，裝滿魚的魚筌就這樣浮出水面。

大介將魚筌撈上岸，放在我們的腳邊。魚筌中的水漏光後，就看到魚不斷在啪啪、啪啪的跳動著。

（這裡面到底有幾條魚啊？十……二十……不，應該超過三十條在魚筌裡跳來跳去。）

魚筌捕到的漁獲量真驚人，敬一與大介合力拉起魚筌後，就打開魚筌，將魚倒入水盆裡。超過三十條的魚，一下子就擠滿了水盆。

「哇，好多魚喔，太棒了！」夏葉興奮的大叫。

雖然我沒有說任何一句話，但我的心中也很激動。

「看到這個狀況，我真的沒話說了……沒想到這麼髒的河也有這麼多魚。」

事實擺在眼前，讓敬一不得不低頭，大介聽到敬一這麼說，立刻安慰他：「家下川真的有很多魚，不過，我從沒想過可以抓到這麼多魚。敬一，你帶來的魚筌真的好厲害。」

「我也沒想到可以抓到這麼多魚。不過，這裡幾乎都是……應該說，全部都是平頷鱲。」

「全部都是？怎麼可能會這樣……哎呀！真的耶，全部都是平頷鱲。」

敬一和大介看著水盆裡的魚，交談了起來。我站在大介身後，默默聽著他們的對話。

敬一說：「大介，為什麼我們捕到的都是平頷鱲呢？」

大介進一步問：「你用什麼魚餌？」

「我是用蛹粉煉製成的魚餌。」

「用那個的話，應該什麼魚都愛吃才對。唯一有可能的原因就是地點。」

「地點有什麼問題嗎？」敬一認真聆聽大介的見解。

「這裡的水流比較快，如果將魚筌放在流速較慢的地方，或是水深較深的地方，可能就會捕到不一樣的魚。而且平頷鱲的性子比較急，所以才會搶著跑進魚筌裡。」大介詳細分析給敬一聽。

「平頷鱲的性子比較急？」

「是啊，敬一。我們釣魚的時候，最先釣到的一定是平頜鱲。」

「原來是這樣啊——沒想到大介連魚的個性都這麼清楚，不愧是每天都在釣魚的人。」

「嘿嘿嘿。」

看著兩人一搭一唱，感覺真好。大介與敬一都看著水盆，毫無芥蒂的聊著天。夏葉站在敬一後面，轉頭對我微笑。

大介接受敬一，敬一也認同大介。再說，大介原本就不討厭敬一，也希望敬一能告訴他更多魚的知識，因此只要敬一改變態度，很快就能打成一片。

老實說，看到他們兩個相處融洽，我真的感到很欣慰。不過，我自己又是怎麼想的呢？我能拋開過去，接受敬一嗎？我不禁思考起這個問題。

敬一接著說：「等一下……我知道了！」

「什麼事？」大介抬起頭，看著敬一。

「你有吃過蟲蛹對吧？我記得你剛轉學過來時，曾經這麼說過。」敬一問。

「是啊。」

「就是這個！就是因為你跟魚吃一樣的食物，所以才會這麼了解魚的心情。」

「哪有這回事？」大介也忍不住懷疑。

夏葉開玩笑的說：「那如果我也吃蟲蛹的話，我也能了解魚的心情嘍？」

「夏葉同學一定吃不下去的，這就是蛹粉。」敬一將蛹粉拿給夏葉，夏葉戰戰兢兢的聞了一下。

「呃，好臭！」

「哈哈哈哈。」看到他們三人放聲大笑，我也跟著笑了起來。不過，我的心中在想其他事情。我想起大介被班上同學當成騙子的原因。

（大介在三年級剛轉來時，曾經說他吃過蟲蛹，也就是吃過蟲，從那時候開始，他就被班上同學取了個外號叫「騙子阿大」。而且當時的始作俑者就是敬一……）

敬一繼續對大介說：「話說回來，我的記性很棒吧！我還記得你剛轉學過來的情形，你那時長得好像山裡的猴子，令人想忘都忘不掉。」

（喂！大介的特色才不只這樣呢！）

夏葉也跟著搭腔：「我也想起來了。那時候大介還說自己有吃過蟲，惹得全班哄堂大笑。不過，好多女同學都在私底下說大介『好可愛』呢！」

（才不是這樣呢！大家都說大介很噁心，是個騙子。）

正當我內心戲上演義憤填膺之際，大介說話了。

「……有這回事嗎？我完全想不起來了。」

我搞不清楚這到底是怎麼一回事，難道人類的記憶有這麼不可靠嗎？

（不，事情不該是這樣的。）

我鼓起勇氣刻意問：「我記得班上同學說大介是騙子，是在大介說他吃過蟲蛹之後，不是嗎？」

「什麼？」大介回過頭看著我。

敬一說：「才沒那回事呢！再怎麼樣我們也不可能對著一個剛認識的轉學生說他是騙子吧？」

夏葉也說：「嗯，我也不記得有這回事……你怎麼會突然這麼說？」

我回答：「不是啦……我只是有這個印象而已，才會這麼說。你們不用在意。」

看來真的是我記錯了，或許小時候的記憶就是這麼不牢靠。

不一會兒，大介像是突然想起什麼似的說：「對了！敬一！」

「什、什麼事？幹麼那麼大聲？」敬一被嚇了一大跳。

「你還沒說出最重要的那句話。我問你，家下川有魚嗎？」大介問。

「幹麼這麼慎重其事？有魚啦。」

「我要你好好說！」大介難得如此堅定。

「家下川有魚，家下川有很多魚。我承認這一點。」敬一只好回答。

「那我再問你，你認為我是騙子嗎？」

「呃……你不是騙子。」

「好吧，那我原諒你。」大介笑了。

夏葉大聲叫好，對敬一說：「敬一同學，敬一同學，大介同學也這麼對我說過。」

敬一搔著頭，苦笑的說：「對的，阿大，你之前在學校說過這裡有香魚，那也是真的嗎？」

「嗯，是真的。」大介回答得很誠懇。

「那——八十公分的大老鼠呢？」

「那也有。」

「我有看過喔。」夏葉跳出來幫大介背書。

「我也看過，那隻大老鼠是美洲巨水鼠。」我也站出來附和。

「原來如此……」敬一沉思了一會兒。

「怎麼了？」

「沒什麼，我好羨慕你們。不過，美洲巨水鼠的確有可能在家下川棲息，牠們這幾年不斷在擴大棲息地。下次也讓我看看吧！」敬一真心的說。

「那有什麼問題。沒想到敬一也知道美洲巨水鼠啊，不愧是高材生。」大介一臉感動的說。

後來我們又在祕密基地待了一會兒，夏葉說她要去買可樂。那是稍早我、大介還有夏葉三人，打賭敬一會不會來所下的賭注。由於最後敬一來了，因此就由我和夏葉付錢買可樂。

夏葉臨走前說：「那我去買可樂嘍。敬一同學，那件事你要好好說喔。」

敬一「嗯」了一聲，算是回應了夏葉的話。

（那件事到底是什麼？）

夏葉走遠後，祕密基地忽然安靜了下來。

雖說剛剛一起抓過魚，但直到昨天以前我還很討厭的敬一，現在就在我眼前；這種感覺真尷尬，也覺得很奇怪。不，說起尷尬，敬一應該比我們更尷尬吧？看他明明沒事還故意找事做，一會兒整理水桶、一會兒整理魚簍，明顯坐立難安。

大介看敬一那樣子也覺得難過，於是主動詢問：「敬一，你是不是有話要跟我們說？」

大介主動詢問讓敬一有了臺階下，「嗯」地回了一聲。我猜想他想說的就是剛剛夏葉說的「那件事」。於是我們盤腿坐在地上，三個人面對面。

敬一說：「其實，我有事想跟你們商量……」

我問：「什麼事？」

敬一謹慎的說出自己要說的話。「是這樣的，明天……就是星期一，學校會舉辦一個小時的表揚儀式。那是為了之前的研究發表會所舉辦的表揚儀式，表揚儀式結束之後，還會有一場紀念品的揭幕儀式。」

「紀念品？」

「那是一個水族箱，一百二十公分的大型水族箱。聽說某個研究牛卜米麥穗魚的老師，要送兩對牛卜米麥穗魚給學校。」

「牛卜米麥穗魚不就是你研究的魚嗎？我記得那是我們這個市的天然紀念物……」大介說。

「嗯，而且是瀕臨絕種的動物。」

「那太好了！」敬一聽到大介這麼說，不由得低下頭來，搖頭說：「……才不好呢，一點都不好。家下川明明有魚……我卻公開對外說這裡一隻魚也沒有。

我真的是太丟臉了……」

我問：「既然這樣的話，你打算怎麼做？」

「我要拒絕領獎，既然我已經知道我的研究成果是錯的，就不能隱瞞這件事去領獎。」

「……」敬一的話讓我好驚訝。一向把獎項當成生存意義看待的敬一，竟然想要拒絕領獎。

於是，我勸他：「敬一，不要衝動。再說，都到這個節骨眼了，現在拒絕的話，事情會很難收拾。」

「要是我就這麼收下這個獎，你們一定會看不起我。」

「那根本不重要，不用管我們。」

「不行！」敬一的態度相當堅定。

「我們一點也不在意。」大介也加入說服的行列。

「不行！」敬一再次強硬表達自己的立場。

前天我跟大介在放學途中堵敬一時，他明明最在意的事情就是，若承認家下川有魚，就會影響這個獎項的正當性。可是，今天站在我們眼前的敬一，在乎的竟然不是獎項，而是擔心我們會看不起他！

「你是認真的嗎？」我再次確認他的決心。

「嗯。我還想在這裡做研究……不，我還想在這裡玩……」

（他說，他還想在這裡玩……）

聽到敬一說這句話，讓我第一次有了想要原諒他的心情，儘管我之前那麼討厭他……

我問大介：「阿大，你認為呢？」

「我認為敬一只要按照自己想的去做就好了……」這的確是大介會說的話，可是我沒辦法接受。

「阿大，你在說什麼？你們兩個聽好，獎項絕對不能退回去，那是敬一花了很多時間和心力做的研究，為什麼不能拿？那跟你之後才知道的事情又沒關係！敬一，那個獎要拿，絕對要拿！你接下來還要在這裡做研究，不是嗎？既然這樣，那就拿啊！這一點也不可恥！」不知道為什麼，我的情緒有些激動，激動到他們兩個都驚訝的看著我。

「可是……」

「可是什麼，敬一？」

「如果我領了獎，我就說不出口了。」

「什麼事說不出口？」

「就是家下川有魚的事啊！我想讓大家知道，家下川其實有魚。」

敬一想說的事，也是我們的希望。可是，我不覺得為了要讓大家知道家下川有魚，敬一就必須要放棄領獎。

過了一會兒，大介打破沉默：「我有一個好點子。敬一同學，那個養牛卜米麥穗魚的水族箱，不是很大一個嗎？」

「是啊。」

「既然如此，我們不如將這些魚全部放進那個水族箱裡。讓這些在家下川棲息的魚類，把具有紀念意義的水族箱變成水族館。如此一來，同學們就知道家下川裡有這麼多魚啦！」

「你說什麼！」敬一沒想到大介會有這樣的提議。

「其實我從以前就希望能讓同學們看看在這裡棲息的魚，可是一直不知道該怎麼做。阿健……」大介忽然叫我的名字。

「什麼事？」

「你覺得我的點子怎麼樣？我們一起將這些魚偷偷放進水族箱裡吧！這個做法既能讓敬一上台領獎，也能讓大家看到魚，所有同學一定會嚇一大跳的。」

大介的提議真的很天馬行空，也很胡鬧亂來。可是一看到大介堅定的表情，我又覺得這個提議一定會成功，也覺得這麼做會很有趣。

所以，最後我還是妥協了，我跟大介說：「嘿嘿，阿大，這會是個史上最強的惡作劇喔！」

「嗯，這是我們的第二個傳說！」大介點點頭。

敬一對於我們的對話感到一頭霧水，開口問我們：「你們在說什麼傳說？」

「就是夏橙傳說啊！」夏葉突然冒出來回答這個問題。她一跑到我們面前，就將可樂放在塑膠箱子上，向敬一解釋夏橙傳說的來龍去脈。

敬一聽完後不禁大叫：「什麼！那些夏橙是你們放的！我竟然都沒察覺到。」

我說：「那件事就先放在一邊，總之我已經知道你的心情了，我們可以幫的忙一定會幫。」

「你真的願意？」大介問。

敬一說：「我才要問你，你真的確定要做嗎？再說，這只是個惡作劇，只要不被發現就好了。」

「沒錯，所以敬一就安心領獎吧！」

聽到大介這麼說，敬一毫不猶豫的伸出手來，想要跟大介握手。對於敬一突如其來的動作，大介不知道該做何反應。他似乎有點不太習慣這種只有偶像劇才會出現的灑狗血情節。

不過，大介還是默默伸出右手來，但他不去握敬一的手，反而將手放在敬一的手背上。接著，面帶笑容的說：「阿健也一起來吧！」

（什麼！連我也要？唉，算了，偶爾一次也無所謂。）

我也慢慢伸出手，放在兩人交疊的手上。

「我也要加入！」夏葉也伸出手，放在我的手背上。一想到除了跳土風舞之外，女孩子根本不可能握我的手，心裡就覺得暖暖的，感覺輕飄飄的。

沒想到敬一突然抽出最下方的手，放在夏葉的手背上，嘿嘿嘿的笑著。

「敬一，哪有人這樣的，我也想握夏葉的手……」這次換大介拉下敬一的手，把自己的手放上去。

「你在做什麼？不要亂摸夏葉同學的手！」敬一大叫了起來。

「你幹麼啦，你這個、這個傢伙！」大介也不甘示弱的反擊。

（唉——這兩個人怎麼能在當事人面前爭風吃醋呢？）

夏葉目瞪口呆的看著這兩個人說：「你們兩個都是大笨蛋！唉——當一個受歡迎的女孩也很累人呢！」

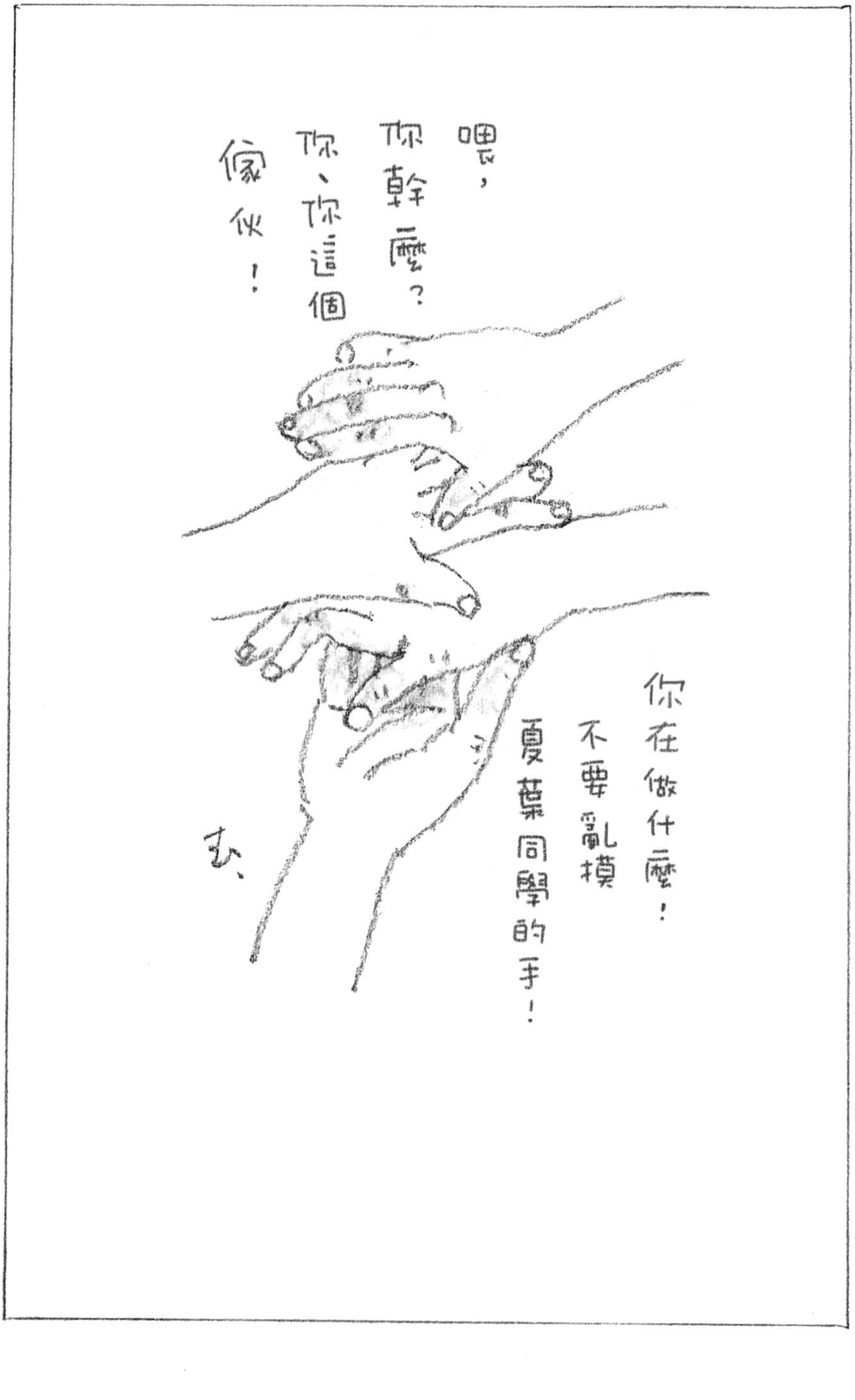
喂，你幹麼？你、你這個傢伙！
你在做什麼！
不要亂摸夏葉同學的手！

原本是要表達我們四個人堅定的決心，而將手背疊在一起加油，最後卻變成一場搞笑的鬧劇。不過，仔細想想，或許我們的友情就是這麼一回事。我們四個人都有不同的形象與個性，腦袋裡也想著截然不同的事情。雖然前一刻還七零八落，但慢慢就會凝聚共識。

無論如何，我認為我們三個男生的共通之處就是「喜歡魚類、喜歡夏葉」這一點吧！

＊

「喏，這瓶是健太同學的，這瓶是我的，這兩瓶是大介同學的。」夏葉將剛剛買來的可樂分給大家。

大介拿到兩瓶可樂，將其中一瓶分給敬一。

「謝謝，不過，我可以喝嗎？」敬一覺得很不好意思。

「當然可以啊，你要是沒來，我就喝不到可樂了。」大介將我們打賭的事轉述給敬一聽，而且描述得活靈活現，敬一只好苦笑的收下可樂。

接下來，我們四個人一邊喝著可樂，一邊討論明天的計畫。

「我們要帶幾條魚去學校？」

我一問完，敬一就說：「不能帶太多條，放太多魚會導致缺氧，魚就會死掉。可以的話，我希望能帶齊所有種類。」

「這裡有幾種魚啊？」大介問。

敬一拿出筆記本翻閱。「我剛剛有寫下來，今天抓到的有鯉魚、鯽魚、平頜鱲、麥穗魚、長頜鬚鮈、朝鮮興凱銀鮈、青鱂魚、泥鰍、凝鯉、長吻似鮈、吻鰕虎、鯰魚和鱧魚，共十三種。」

「好，那就全部都帶，各十條怎麼樣？」大介提議。

「那太多了吧？」敬一說。

「可是，既然要讓大家嚇一跳，那就要多一點魚才有效果啊！」

敬一想了一下說：「你說得對。那就分成四等份，我們盡量多帶一點。」

我問：「不過，敬一，我們要將魚裝在水桶裡帶去嗎？」

敬一回答：「這一點我已經想好了。我明天早上會帶瓦楞紙箱和大塑膠袋來，我們就將魚裝在那裡面，帶到學校去。紙箱可以綁在腳踏車後座上，這樣就不會引起大家注意。」

「那我們明天約幾點？」夏葉問。

「我們將魚運到學校後，還要回家準備上學……就六點吧，六點可以嗎？」

「ＯＫ！不過，你們都可以那麼早出門嗎？」大介有點擔心。

「總會有辦法的。」明天的計畫就在集思廣益之下逐漸成形。接著，我們將水桶和水盆裡的魚，全都倒入隧道裡的魚槽。

夏葉看著魚槽說：「對了，我抓到的那條大鯰魚要怎麼辦？我擔心我一個人搬不動。」

「我不行喔，我想要帶很多魚去學校。」我立刻表明自己的態度，我真的很想要帶自己抓到的魚。再說，鯰魚會亂跳亂動，要是壓死了我最重要的鱧魚，那該怎麼辦？

大介也開口拒絕：「我也不行。我想帶很多小魚去學校。」

最後夏葉只好裝可愛，向敬一求救：「那……敬一同學呢？」

沒想到連敬一也斷然拒絕！「不行！就算是夏葉的請求，我也沒辦法幫忙，魚才是最重要的。」

（好樣的，敬一！說得真好！）

「這樣啊，好吧，我自己想辦法。不過，敬一同學，你要幫我帶小龍蝦和蝌蚪喔，我也要把牠們放進水族箱裡。」夏葉決定用這個跟敬一交換條件。

「唉——難得的家下川魚類生態水族館，竟然要變成大鍋菜了。」

「哈哈哈。」

這個時候，放聲開懷大笑的我們，還沒有察覺到這次的惡作劇，會引來多麼嚴重的後果。

13

表揚儀式

到了舉辦表揚儀式的當天早上——

這一天天氣晴朗，一大早就陽光普照，連平常走慣了的上學道路，看起來也比以往閃閃發亮。

「早安。」

「早啊。」我跟大介碰巧在校門口遇到。

大介問：「阿健，怎麼了？」

我回答：「我真的很倒楣，一大早就被我媽抓到，一直問我『你去哪裡了？你出去做了什麼？』。」

今天早上六點，我、大介、夏葉和敬一睡眼惺忪的在祕密基地集合；為了將魚帶到學校去，今天一大早大家就偷跑出來。

我們在敬一的指示下，迅速確實的完成前置作業。我跟夏葉用雙手打開裝了水的大塑膠袋，由大介和敬一負責撈起魚槽裡的魚，陸陸續續放進塑膠袋裡。接著我們又將養魚用的固體氧氣珠[4]，丟入裝了魚的袋子裡，再用橡皮筋綁起袋口，放入紙箱裡。

大介繼續問：「那你後來還好嗎？你媽媽應該罵了你一頓吧？」

「沒事，我已經被罵習慣了。你呢？」

「我完全沒事，我們家採取徹底的放任主義。」大介聳聳肩。

「不知道夏葉和敬一有沒有事。」我不禁擔心了起來。

「我想他們兩個應該沒事，他們平常表現那麼好，就算父母擔心，也不會懷疑他們去做什麼壞事。」大介如此安慰我。

「是啊，說得也是。」

我們一邊往教室走，一邊回想起今天早上的事情。

大介說：「今天早上載箱子時，腳踏車一路搖搖晃晃的，真的好危險喔！」

我說：「就是說啊。敬一和夏葉還說因為自己的腳踏車沒有後座，所以騎媽媽的腳踏車來。」

「是啊，好好笑喔，真是太好笑了。」

「今天從一大早就好刺激喔！」興奮的感覺藏都藏不住。

「把箱子藏在體育館裡，感覺好像小偷喔。」

「最怕的人其實是敬一，我看他一直在發抖呢！」我跟大介就這樣你一言、我一語的走進了校舍，在換鞋處遇到了敬一。

只見敬一東張西望，表情慌張的跟我們說：「大事不妙了，現在有點麻煩，老師有事找我，我必須去教職員室一趟。」

我問：「真的嗎？為什麼找你過去？」

「說是要討論表揚儀式的細節。總之我先去找老師，魚的事情拜託你們處理一下，絕對不能讓牠們死掉喔！」

「我知道了。」

「還有，找機會去體育館看一下狀況。」敬一一再叮嚀。

「ＯＫ。」我跟他承諾。

4 固體氧珠：利用碳酸鈉、穩定劑、增效劑等製成的顆粒，放入水中會慢慢釋放出氧氣，常運用於活魚運輸或沒有空氣循環設備的魚缸。

敬一匆匆忙忙的趕往教職員室，我跟大介一走進教室，就跑去看夏葉的置物櫃，發現她的紅色書包正躺在置物櫃裡。

我說：「夏葉已經來了，她應該在體育館裡。」

於是大介說：「那我們也趕快去吧！」

我們丟下書包就往樓梯跑，跑出校舍之後，飛速跑過操場，然後再偷偷摸摸的跑到體育館後方的空地。體育館和圍牆之間相隔兩公尺左右，這塊空地相當安靜，感覺很舒服。

有好幾個低年級生在那裡玩耍，我跟大介假裝沒看到他們，繼續往前走。最後來到體育館旁的體育器材倉庫。我們將所有紙箱藏在體育館和體育器材倉庫之間的空隙裡。

「箱子還在嗎？」

「還在，還在。」我們確認紙箱還在之後，就打開紙箱，看看魚的狀況。

對魚知之甚詳的敬一，最在意的就是氧氣是否足夠，以及水溫是否合宜。他之前不斷叮嚀我們：「移動魚的時候，要是這兩項出錯，魚就會馬上死掉。」

我原本沒將他的話放在心上，但聽到他說：「袋子裡的魚只要死掉一條，其他的魚就會全死光。」害我不由得擔心了起來。

我負責把風，大介負責確認魚的狀況。

我問大介：「怎麼樣？」

大介回答：「這一箱沒事，這一箱也沒事……確認完畢，全部ＯＫ！」

「那我們走吧！」

確定魚沒事之後，我們終於放下心來，正當我們想到體育館裡查看狀況時，夏葉從走廊另一邊走了過來。夏葉一看到我們，急忙向我們跑來。

夏葉著急的說：「大事不好了，這下糟了！」

我說：「沒事，所有魚都還活著。」

「我不是說這件事，你們去體育館看過沒？」夏葉神情很緊張。

「還沒有。」

「跟我來。」

我們跟在夏葉後面，往體育館的方向跑去。學校的體育館有三個大鐵門，夏葉打開最靠近舞臺的那扇門，跟我們說：「你們快看。」

「哇……」我跟大介忍不住驚呼出來。我們一直以為今天舉辦的表揚儀式跟平常的朝會沒有兩樣，沒想到舞臺上掛了一個大型看板，上面寫著「豐田市環境保護研究發表會　第一名受獎儀式暨紀念品捐贈儀式」。而且中央講臺上還有麥克風和花籃，旁邊擺放著由一塊灰布蓋住的水族箱。此外，舞臺下方除了給全校學生坐的椅子之外，還有鋪著白布的桌子，上面放著寫有貴賓名字的名牌。直到這一刻，我們才發現這場表揚儀式比我們想像的還要盛大。

「這底是怎麼一回事……」看到這樣的場面，讓我感到退卻。說真的，我沒有這個膽量破壞如此盛大的儀式，而且如果真的破壞了，後果將會不堪設想。

夏葉也說：「健太同學，我們的計畫不可能執行了。」

「嗯……」看來夏葉的想法跟我一樣。

不過，大介什麼話也沒說，一直盯著舞臺看，最後才緩緩開口：「阿健，我去看一下。」

「什麼？你要過去看一下？阿大……」大介完全不顧我的阻止，鞋一脫就跑進體育館裡，往舞臺方向跑去。

我只能關上鐵門，跟夏葉一起默默離開體育館，走到前方中庭的石頭上坐著等大介。

夏葉說：「大介同學該不會想要執行到底吧？」

我說：「我也不知道……他應該沒有這個膽量吧……夏葉，你覺得應該怎麼辦才好？」

「……放棄是比較聰明的做法。這麼盛大的儀式，實在不適合惡作劇。」

「我也是這麼想，要是真的做了，事情會一發不可收拾……」

現在的情勢的確如夏葉所說的那樣，小孩子做了還能被大人原諒的惡作劇裡，不包括破壞這麼盛大的儀式。

「不只是市議員、環境保護課課長，還有那個動物保護協會、家長會會長以及其他貴賓，這次有很多校外人士來參加。我沒想到這場儀式會這麼隆重，我想敬一同學一定也沒預料到。」夏葉說。

「是啊……」

不一會兒，大介推開沉重的鐵門，向我們走來。

我問：「大介，怎麼樣？」

大介回答：「那個水族箱好漂亮喔，還有一個很大、看起來很專業的過濾設備喔。」

我說：「你在說什麼？我不是在問這個，我是在問你還要執行計畫嗎？今天的貴賓來頭都不簡單，而且要是真的做了，老師是絕對不可能一笑置之的……」

「說得也是……」

「我跟健太同學都覺得應該要停止計畫，大介同學，你認為呢？」夏葉說出了我們剛剛討論的結果。

「我……我沒辦法回答。我覺得這件事要問敬一的意見……」大介吞吞吐吐的回答。

「這樣啊……」如此一來，夏葉也沒轍了。

「……」我也說不出任何話來。

（一切都要看敬一的決定。）

當然，只要我們三個人決定不做，這個計畫就不可能執行，但這個計畫的發起人是敬一，我們不能不顧慮敬一的心情。

「欸，是敬一耶。」我說。

老師帶著敬一走在走廊上，他們剛剛應該是去勘查舞臺狀況。我們偷偷向敬一揮揮手。

敬一一看到我們的舉動，就跟老師說：「老師，我想去一下廁所。」說完立刻向我們跑來。

我說：「敬一，現在騎虎難下了，你打算怎麼辦？」

敬一說：「我也嚇了一大跳。怎麼辦？我沒想到這個儀式這麼盛大。」

「要做嗎？還是放棄？」

「……大家的意見呢？」敬一轉而尋求我們的看法，我們的表情看起來猶豫不定，如果敬一說要放棄，我們就會放棄。

不過，大介卻堅定的說：「如果敬一想做，我們就做吧！」

大介的話讓敬一陷入長考。仔細思慮之後，敬一說：「……還是放棄好了，目前的狀況不適合執行計畫。……我也不想為大家帶來麻煩。」敬一的答案讓我鬆了一口氣，只要放棄就能避免引起難以收拾的麻煩。

不過，敬一點出了另一個問題。他有點遲疑的說：「……可是，放棄的話，還有另一個問題要解決。」

我問：「什麼問題？」

「嗯……就是魚啊。那些魚要是不放進水族箱裡，就會死光光。」

（糟糕……）敬一這麼說我才想起來，我竟然完全忘了魚的存在！

大介問：「敬一，箱子裡的魚可以撐多久？」

敬一回答：「頂多到中午……不，可能撐不到中午。」

聽了敬一的回答後，大介斷然的說：「那就沒得選了，一定要做才行。」

夏葉沉默的想了一會兒之後，看著我說：「好，我已經做好心理準備了。健太同學，做吧！」

「好。」我也大大的點了點頭。老實說，在這樣的情況下我只能答應。敬一看到我們都同意了，覺得很愧疚的說：「抱歉，我沒想到事情會變成這樣。」

我說：「不用在意啦。我們不是為了你，是為了魚才這麼做，要是魚死了就太可憐了。」

夏葉聽我這麼一說，也忍不住開口：「騙人，不要再說謊了，說什麼為了魚才這麼做，其實大家都是為了自己。健太同學在釣魚過程中，殺了幾隻上鉤的魚呢？」

「我才沒有殺魚，只是牠們碰巧死掉而已。」

「那還不是一樣！」

「哈哈哈，這麼說也是。」

夏葉的一席話，舒緩了大家的緊張情緒。

接著，大介向大家說：「敬一繼續去跟老師開會吧，接下來由我們三個處理。只要先將箱子偷偷放在舞臺旁邊，不到五分鐘就能將魚放進水族箱。待會等上課鐘響，老師們走出體育館之後，我們就開始行動。知道了嗎？」

我們全都明白的點點頭。

＊

朝會結束後，所有學生往體育館移動。我們走在隊伍的最後面，離前方同學有一段距離。

敬一小聲的問：「大介，水族箱的事搞定了嗎？」

大介回答：「不用擔心，敬一，我們已經將所有的魚都放進去了。完美犯罪，成功！」

我說：「對了，敬一，你研究的牛卜米麥穗魚看起來真不起眼。那個水族箱太大了，我還以為裡面沒有魚呢，還好我們有帶魚來學校。」

夏葉說：「就是說啊，現在看起來真的很像水族館喔！」

「謝謝你們……」敬一只回了這句話。

我、大介和夏葉只要將我們帶來的魚，放進水族箱裡，就完成了我們的工作，但敬一還有事情沒做完。他接下來必須站在全校師生，以及各界來賓的面前接受表揚。

「敬一同學，你的氣色看起來不太好耶。」夏葉忍不住擔心的說。

「呃，會嗎？」敬一的臉色發青，對於早就習慣站在眾人面前的他而言，這樣太反常了。後來老師將敬一叫過去，我們目送他離開，一起坐在位子上。

舞臺前方依照年級順序，從一年級生、二年級生開始依序坐定，右手邊為貴賓區，左手邊則是老師們的座位。敬一被安排坐在老師區第一排最前方的位子，由於我、大介和夏葉坐在最後面，因此看不見敬一的表情。不過，從他低頭看地上的姿勢來看，根本不像是待會要上台接受表揚的主角。

時間終於到了，體育館的舞臺布幕往兩邊拉開，舞臺上的燈光亮了起來，擔任司儀的老師拿著麥克風，慎重的宣布表揚儀式開始。

「校長、各位老師、各位貴賓以及所有同學，豐田市環境保護研究發表會第一名受獎儀式暨紀念品捐贈儀式正式開始。現在請校長上臺致詞。」

「各位老師、各位貴賓以及所有同學，今天本校有一件喜事要宣布。那就是本校六年級生吉岡敬一同學，在豐田市舉辦的環境保護研究發表會上，發表了驚人的研究成果，榮獲第一名的肯定。此外，環境保護委員會也特地致贈紀念品，以讚揚吉岡同學的好成績。這項紀念品就是一個大型水族箱，裡面還有四隻由藤村老師飼育的牛卜米麥穗魚。藤村老師也是環境保護委員會的委員，感謝他今天在百忙之中蒞臨現場。話說回來，牛卜米麥穗魚是瀕臨絕種的保育類動物，是很珍貴的魚種。希望各位同學一定要好好飼育牛卜米麥穗魚，從中體會大自然的重要性，並學習愛護動物……」

我的心臟噗通噗通的跳，校長的語氣愈親切，愈是強調牛卜米麥穗魚的重要性，我就愈覺得我們犯下不可原諒的大錯。

我忍不住開口問：「夏葉，你會不會很緊張？」

夏葉回答：「我有點擔心耶。」

我又問：「大介呢？」

大介回答：「我也很緊張，我好想知道大家看到魚之後，會是什麼表情。」

（喂，你根本不是緊張，而是既期待又興奮吧！）

看來大介的大腦結構真的跟我們不一樣。

校長致詞完畢後，還有兩位來賓上台致詞，分別是市議員以及環境保護委員。我完全不記得他們說什麼，腦中只想著待會即將發生的事情。

終於要開始頒獎了。司儀請敬一上臺領獎，只見敬一慢慢的走上臺。

夏葉看著敬一走上臺的樣子，對我們說：「你們覺不覺得敬一同學的樣子怪怪的？」

我說：「應該是緊張的關係吧？」

「是嗎？如果是平時的敬一同學，他一定會邊揮手向大家打招呼邊走上臺。」

夏葉說得對，敬一現在還低著頭看地上。他最擅長的就是在眾所矚目的舞臺上，表現出過度成熟的行為舉止，今天為什麼會這麼反常……

「敬一同學真的很不對勁。」夏葉再次確定了自己的想法。

整個頒獎過程毫無意外的順利進行，頒獎貴賓先頒發獎狀，再頒發獎盃，敬一站在明亮的燈光下乖乖的領獎。我猜想，他會這麼沒精神，可能是認為自己沒資格領獎吧。

「吉岡同學，恭喜你獲獎。接下來請發表得獎感言。」

司儀說完後，敬一就拿著獎盃，走向位於舞臺中央的麥克風前。

「咳咳。」敬一先假咳一聲，吸引在場人士的注意。沒想到之後的發展出乎眾人意料……

「那個，我……」說完這幾個字，敬一就再也不開口了。舞臺上陷入一陣沉默之中。

由於敬一一直不說話，因此會場中開始議論紛紛，老師正想走過去關心敬一的狀況時，敬一舉手阻止了老師，再次開口：「嗯，我不知道……該說些什麼……我……」敬一看起來已經快要承受不住壓力了。「我……」

（只要謝謝大家就可以下臺了，他到底想說什麼？）

夏葉耐不住性子，大聲喊叫：「敬一同學，加油！」

大家被夏葉的吶喊嚇了一大跳，紛紛回頭看她，不過敬一聽到她的加油之後，終於穩定下來，再次開口：「謝謝豐田市環境保護研究發表會，頒給我這麼棒的獎。」

敬一說完話就深深一鞠躬，全場熱烈鼓掌。不只老師鬆了一口氣，我們也全都鬆了一口氣，我認為就連敬一也鬆了一口氣。接下來他只要走下舞台，就會直接進入紀念品的捐贈儀式，當揭開灰布、水族箱展現在眾人面前的那一刻，現場就會引起一陣騷動。

沒想到，敬一竟然沒有按照寫好的劇本走。他從麥克風架上拿起麥克風，堅定的說：「我有一件事想跟各位報告，……我的研究成果……有一處很大的錯誤……所以，我沒有資格領這座獎。」

這句話一說完，會場一片譁然。

（敬一，你這個笨蛋！你在說什麼啊！）

我們三個人互看了一眼，老師們在舞台旁蠢蠢欲動，連連揮手向敬一做手勢，要他早點結束演說。只見敬一將獎盃放在地上，繼續說話：「我說的錯誤，就是關於魚的棲息狀況。我只調查水質就斷定家下川沒有魚，可是……家下川有魚，而且還有很多魚！」

敬一大聲的做出結論。原本靜悄悄的體育館，又再度騷動了起來。

我說：「那傢伙真是個笨蛋，這種事不說也沒關係。」

夏葉喃喃自語：「不曉得他想幹麼？」

大介說：「不知道，我也不懂。」

我們完全不知道敬一的葫蘆裡賣什麼藥。

「各位同學，請安靜。吉岡同學，請你下臺來吧。」現場有一位老師跳出來維持秩序，現場學生開始安靜下來，不過，敬一還是紋風不動，一點都沒有想要從舞臺上下來的意思。

「吉岡同學，請下臺。」老師再次催促，此時敬一說話了。

「我不要，我還沒說完！」敬一的這句話讓體育館內的氣氛瞬間凝結，所有人都不敢相信，高材生敬一竟然在如此隆重的會場上，光明正大忤逆老師。

「我一定要把話說完，……家下川裡……有……很多魚……嗚嗚嗚……」敬一突然哭了出來。

仔細想想，在場最無法相信敬一會引起這場騷動的人，應該就是敬一他自己。敬一獨自站在舞臺上努力奮戰，他擦乾眼淚，用盡全身力氣說：「家下川裡有很多魚……我之前只從堤防上看，沒發現有魚。可是，我後來走到河邊，走入河裡，還實際用網子撈魚之後，才看到過去從來沒有發現的寶物。」

然後，敬一像是下定決心一般，走到蓋著灰布的水族箱前，大聲說：「各位請看！」

（笨蛋，不要啊！）

嘩啦——灰布揭開之後，在場所有人都倒抽一口氣。舞臺上的水族箱裡，有好多小魚游來游去，在燈光的照射下閃閃發光。裡面有鯽魚、平頜鱲、長頜鬚鮈、青鱂魚、吻鰕虎、鱧魚，以及大鯰魚。

「哇！」坐在前排的低年級學生紛紛發出驚喜的叫聲。

「哇，是鯰魚耶！」

「好噁心喔！」

「好多魚喔，好棒喔！」

每個人都開心得手舞足蹈，受到現場歡樂氣氛的感染，我們幾個也感到相當興奮。

夏葉碰了一下我的手臂說：「健太同學，太好了！」

大介也開心的說：「成功了！」

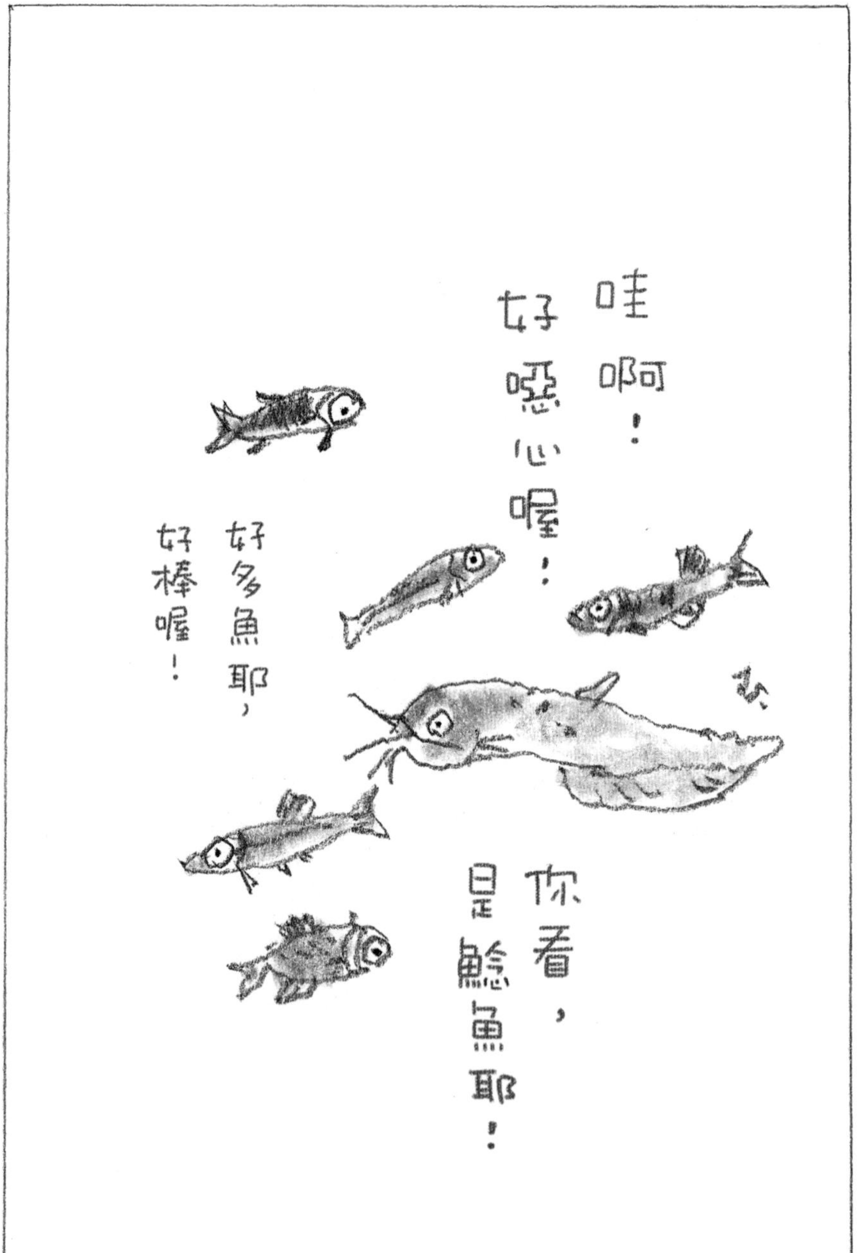
哇啊！
好噁心喔！
好多魚耶，
好棒喔！
你看，
是鯰魚耶！

不只是我們感到開心，敬一也同樣很開心，剛剛哭泣的臉現在變得很紅潤，興奮的介紹水族箱裡的魚。

「大家看得到嗎？這是鯰魚，這是鯽魚、青鱂魚、泥鰍，還有鱧魚喔！這些全都是在家下川棲息的魚。各位覺得怎麼樣？是不是很棒呢？」

就在此時，有一位低年級的學生大聲提問：

「那些魚都是你一個人抓的嗎？」

「呃……」敬一有點猶豫。

這個突如其來的問題，也讓我嚇了一跳。

（敬一，不要多話——）

不一會兒，敬一微笑的說：「好吧，我告訴各位實話，做人絕對不能說謊。大家聽好了，這條大鯰魚是杉本夏葉同學抓到的。」

（呃！）

「鯽魚、鯉魚以及泥鰍是新見大介同學抓到的。」

（哇！不要再說了！）

「這條鱧魚則是淺野健太同學抓到的。」

（沒救了……）

「換句話說，光靠我們四個人就能抓到這麼多魚，如果大家一起去，一定能抓到更多魚喔！」

低年級的學生一聽到敬一說的話，紛紛爭先恐後的說：

「我想去！」

「我也想去！」

「我一定要去——」

我已經忘記這之後發生了什麼事，只記得敬一後來被老師拉下臺，我們三個則被其他同學的冷眼瞪到快被凍死了。現在根本不是擔心敬一的時候。

「阿大，那傢伙毀了我們的傳說了！」我說。

「那也沒辦法啊。不過，現在這樣也夠具傳奇性的了……」大介說。

「我今天回不了家了。」夏葉說。

「為什麼？」我問。

「坐在那裡的家長會會長……是我媽媽……」夏葉回答。

「糟了！」

直到儀式結束為止，我們三個人都沒抬起頭，一直在說悄悄話。

原本應該要成為傳說的惡作劇，演變成完美解決的事件，順利落幕了。

在這之後，身為事件嫌犯的我們四個人，也被老師嚴厲的責問了一番。

14

仰望的天空

被我們搞砸的頒獎儀式，後來還是順利完成了。聽說多虧有環境保護委員的藤村老師，我們最後才得以全身而退。

藤村老師不僅不在意沒人關心自己捐贈的牛卜米麥穗魚，在敬一被拉下臺之後，他還一直帶著笑容介紹水族箱裡的魚。他告訴所有學生，鯰魚的鬍鬚可以感覺到味道，鱧魚在水中無法呼吸等等，說了好多很有趣的小常識，就連大介也忘了自己做的事，聽得很入迷。

頒獎儀式結束後，我們三個人被老師帶去教職員室。雖然知道老師一定不會放過我們，不過，大介還是一如往常的帶著笑容，夏葉則抬頭挺胸的走著，我也做好最壞的打算，昂頭向前走。我們完全不覺得自己做錯，也毫不後悔。

「好了，你們回教室去吧。現在是上課時間，一定要保持安靜。」

「是的。」

「謝謝老師。」

我們三個向老師行禮後，垂頭喪氣的走出教職員室。現在是第二堂課的課中時間，也就是說，教務主任訓了我們將近三十分鐘。

大介說：「阿健，要不要去？」

我回答：「好啊，去吧！」

夏葉問：「去哪裡？」

我回答：「還用問嗎？當然是屋頂啊！」

我們打算蹺掉第二堂課剩下的二十分鐘。夏葉想了一下說：「我也跟你們去好了。」

「這樣好嗎？身為班長竟然蹺課？」我問。

「當然好啊，我不在意。對了，你這樣是把我當外人看嘍？」

聽到夏葉這麼說，大介也站在夏葉那一邊。「就是說嘛，阿健，夏葉可是我們的共犯耶。」

夏葉接著說：「不過是被老師罵，這樣哪算是犯人啊？你們先去吧，我還要去帶另一個人。」

我問：「敬一嗎？」

「嗯，我相信他現在一定也很沮喪。」

或許是因為校長認為敬一是主犯，我們三個人是在教職員室被老師罵，只有敬一一個人被帶到校長室罵。我真希望我們四個人可以一起被罵。

我跟大介躡手躡腳的走上樓梯，直接走到屋頂。

屋頂上的天空分外遼闊，不只是比從教室看到的天空大，也比從操場看到的天空寬廣。

「哇！好舒服喔——」大介驚嘆的說。

「被老師罵還真累人哪，我的肩膀都僵硬了。」

我兩個盡情張開雙手，不停的伸懶腰。

我說：「話說回來，真是拿敬一沒辦法。」

「嘿嘿，真的，真拿他辦法。」大介也附和我。

我忍不住說出我的感想：「你有沒有覺得平常一板一眼的好學生真的很恐怖？他們一旦走上與平常不一樣的道路，就沒辦法停下來了。敬一長大後說不定是捅出大婁子，還鬧上新聞的那種人。」

大介聽到我這麼說，也笑著說：「哈哈哈，阿健這樣說真過分。敬一是個認真又具有強烈正義感的人。」

「才不是呢！那傢伙哪有什麼正義感？」

「他才不是你說的那樣呢！我覺得阿健誤會敬一了，我認為這次發生的這件事就是這樣。」

「是嗎……我那麼拚死拚活的阻止他，最後他還是堅持退回獎項。」對於敬一的做法，我還是覺得不可思議。

「那是因為他只想做自己想做的事情。不管做什麼都很用心，完全看不見其他的東西罷了。」大介分析敬一的想法給我聽。

「你對他的評價太高了吧！他要是真的有正義感，會把我們的名字說出來嗎？」

「正好相反，那是因為他相信我們做的事情是對的，才會說出我們的名字，他不想獨佔功勞……再說，當時是一年級生問他『那些魚都是你一個人抓的嗎』，他如果回答說『是啊』，那不就是說謊了嗎？敬一是不可能說謊騙人的。」

大介的話在我聽來就像是在袒護敬一，我抓著屋頂的欄干，低頭望著空無一人的運動場，低聲呢喃：「……說謊騙人啊……」

大介站在離我一段距離的位置，用手抓著欄干對我說：「阿健，我要告訴你一個祕密。」

「咦？什麼祕密？」

「一件連阿健也忘記的事情。」

「……」我看著大介，腦中一頭霧水。

「其實第一個叫我騙子的人，是阿健你喔！」

「什麼……」

（怎麼可能？不可能會有這種事！）

大介接著說：「之前我們四個人在一起玩的時候，你曾經說過，班上同學說我是騙子，是三年級時我說我吃過蟲蛹之後，對吧？我當時聽到你這麼說，我就知道你忘了。其實第一個叫我『騙子』的人，是你。」

「真的嗎？」我還是不敢相信。

「嗯，千真萬確。」

這下我更是一頭霧水了。「騙子」這個外號對大介來說是屈辱的象徵，也是我最痛恨的外號，原來我才是始作俑者？我真是不敢置信。可是，大介都這麼說了，應該不會錯……只是……

「你忘了嗎？三年級時你經常來我家玩，後來我跟你談起之前住在長野的事情……我一說常有猴子來我們家的屋頂玩，你就說『你這個騙子』……我還說冬天我都在庭院裡滑雪，你也說『你這個騙子』……你都不記得了嗎？」

（……）我真的是一點都不記得了。

「其實那時還挺好玩的……我說褐色的兔子身上蓋上一層雪之後兔子就會變成白色，你就會說『你這個騙子』……我們就像這樣你一言、我一語，不管我說什麼，你一定會搭腔說『你這個騙子』，即使是平凡無奇的事情，也被我們說得很精采。我們經常像這樣對話喔！而且只要阿健提到我的眼睛，就換我說『你這個騙子』……」

（阿大的眼睛……對了！我想起來了！我經常看著阿大的大眼睛，說我可以從他的眼睛裡看到我的臉。）

我下意識的開口說：「我在……阿大的眼睛裡……你這個騙子……」

多年來的疑問終於解開了。

（我想起來了……我們當時經常在玩「騙子遊戲」。不管對方說什麼，另一方一定要笑對方「你這個騙子」……這個遊戲太殘酷了。）

我們兩個經常玩這個遊戲，即使在學校也玩，於是不知不覺間，就變成全班同學一起玩。最後「騙子」就成為阿大的代名詞。不到半年「騙子遊戲」就退燒了，只留下「騙子阿大」這個外號。

剛開始大家都不是惡意要叫阿大騙子，而且不管怎麼說，第一個叫大介騙子的人是我。

我到底做了什麼？我竟然忘了這件事，還認為這個外號是敬一取的！

「阿大……」我支支吾吾的開口。

「什麼事？」大介走到我的面前。

「……我完全忘了這件事。」

「沒關係，你還是想起來啦！」

「你為什麼不早點告訴我？……對不起。」我真的感到很抱歉。

「你在說什麼啊？這沒什麼好道歉的啊！我以前不是說過，其實我並不排斥被叫騙子。因為那時候真的很好玩，而且還是你幫我取的外號……」

大介直勾勾的看著我，這次我不移開眼睛，也直勾勾的望著他。他的眼睛還是那麼圓滾滾，跟以前一模一樣。我定睛一看，他的眼睛裡有我。與小時候不同，現在的我雖然不是大人，但又長大了一些。

（原來如此，我之所以不敢看大介的眼睛，是因為我討厭看到在他眼中的自己……）

後來我們兩個就這樣抓著欄干，什麼也不想的眺望著屋頂的風景。

（自從好好跟大介相處後，我變了。以前的我喜歡待在一群人之間，每天都在想現在流行什麼、什麼最好笑、什麼可以拿出來炫耀……之類的事情，跟別人聚在一起只是為了混時間。即使大家聊得很開心，也不過就是重複別人說的話而已。我們既不在意對方是誰，也不在意自己是誰。現在的我，終於學會一步步的發現自己、找到自己。）

大介突然開口說：「阿健，你覺得學校會怎麼處理水族箱裡的魚啊？」

「這個嘛……」其實我也不知道。

「真希望能維持現狀，讓所有學生都能欣賞那些魚……我第一次發現魚這麼漂亮。剛抓到的魚雖然比較有活力，但養在水族箱裡感覺也很不同。」

「我也是這麼想。難道是水族箱的關係？還是燈光的關係？」

大介想了一會兒之後說：「哦，我知道了！」

「什麼？」

「把魚養在水族箱裡感覺很不同的原因，就是因為裡面有很多種類。」

「很多種類？你是說魚嗎？」我問。

「嗯。你想想看，我們根本不可能在河裡，同時看到所有的魚類。而且每條魚的長相都不同。」

「就像是長得像阿大的青鱂魚、長得像我一樣的鯉魚，還有長得像敬一的鮈魚，以及長得像夏葉的……」

「鯰魚！」

「哈哈哈哈！」

就在我跟大介捧腹大笑的時候，敬一和夏葉也來到了屋頂。雖然敬一剛剛才被罵一頓，但他看起來並不沮喪。

我開口問：「敬一，你還好吧？」

「真慘……我跟你們不一樣，我很少被罵，所以好累喔！而且我一個人在校長室要面對四個人耶，真是累死我了。」敬一雖然故作開朗，但被一群老師責罵肯定不輕鬆，我相信他真的很累。

「哦，對了，我要向你們道歉。」敬一說。

「什麼事？」我問。

「我把你們的名字說出來了，剛剛在路上，我被夏葉同學罵死了。」

夏葉毫不留情的說：「那還用說，你真是會找麻煩！」

「你不要那麼生氣嘛！」敬一趕緊求饒。

「我媽媽知道了耶。我回家一定會被罵死的，討厭啦——我好難過喔！」夏葉想起自己可能的遭遇，不禁悲從中來。

我真不習慣看到敬一這麼窩囊的樣子，我猜想敬一長大後一定是那種怕老婆的人。

我對敬一說：「不用擔心我跟阿大，我們沒放在心上。」

夏葉不滿的說：「不會吧，健太同學，你就這麼輕易原諒他啦？你剛剛不是還很生氣嗎？」

「我已經不在意了……」

我對敬一的厭惡和偏見，就像霧一般的消失了。我在想我以前一定是將自己心中討厭的部分，投射在敬一身上。

大介說：「敬一，最後你還是把獎盃退回去了嗎？」

「這件事有點麻煩。我不是說我要歸還嗎？不過那個擔任什麼委員的老師當場阻止我。」敬一娓娓道來剛剛發生的事情。

「你是說藤村老師嗎？」

「沒錯，就是那個老師。他說人家要給你的獎，你就乖乖收下。如果你真的不想要，就先收下來，自己再偷偷丟掉就好了。那個人說的話還真特別。」

「這樣啊——」大介也覺得不可思議。

「後來他還說『我應該要多多出去玩』，而且還說『為了讓別人稱讚而做的研究真的很無聊，請多做一點會讓自己開心的研究。在玩樂中開心的研究。』聽了他的話之後，我就想起了大介。」

大介對於敬一的話沒有任何回應，不過我跟夏葉都點頭認同。

後來大介盤腿坐在水泥地上，對敬一說：「那你最後怎麼做？」

敬一也坐下來說：「我還是先收下了。下次我要好好做研究，再拿一座獎盃。兩個獎盃放在一起，看起來一定很酷。」

「太好了，你真棒，這樣一定很酷！既然這樣，我們得好好向你恭喜才行。敬一，恭喜你。」大介很開心有這樣的結果。

「恭喜你。」夏葉也很開心。

「恭喜啊！」我也很開心。

「不要鬧了……」敬一躺了下來，靜靜的享受這一刻。

我們四個人就這樣躺在自己喜歡的地方，仰望著天空。

今天天氣很好，萬里無雲。

我們四個人就在伸手可及之處，卻沒有任何人開口說話，也沒有人彼此對看。就這樣凝望著蔚藍的天空，感覺像是漂浮在半空中一樣，真是舒暢！

這種感覺真是不可思議！

夏葉望著天空，突然打破沉默：「接下來，請各位說出自己喜歡的事物，依照我、敬一同學、大介同學以及健太同學的順序說喔。那就由我開始……我喜歡鋼琴。」

「……顯微鏡。」

「烏龜。」

「……拉麵。」

接著繼續進行第二輪。

「指甲油。」

「數位相機。」

「鯽魚。」

「……咖哩飯。」

「為什麼健太同學總是慢半拍？」夏葉不禁抱怨。

「時間這麼短，怎麼可能想得出自己喜歡什麼？」我為自己辯駁。

「好吧，接下來改說自己討厭的事物。要開始嘍！……自己的個性。」夏葉繼續展開另一輪真心話遊戲。

「蛞蝓。」

「……紅蘿蔔。」

「補習班。」

「……說別人壞話。」

「……毛毛蟲。」

「納豆。」

「……家庭作業。」

「好學生。」

「鐵棒。」

「考試。」

「……書包。」

「書包？」敬一沒有預料到會有這個答案。

「健太同學，你討厭書包嗎？」夏葉問。

「哈哈哈哈，你真是個怪咖！」大介開心的笑了。

大家這樣笑我，讓我一時下不了台，我生氣的對著天空說：「對啦！我討厭書包，我最討厭書包了！總是勒得我的肩膀好痛，再說，背書包好醜喔！背著書包人家一看就知道我剛放學，根本沒辦法到處亂晃。」

夏葉說：「嗯，確實如此……」

敬一說：「書包啊……我本來是覺得沒什麼，不過被你這麼一說，好像真的有點綁手綁腳的。」

其實書包並沒有錯，只是我們的身體已經長大，變得不再適合背書包罷了。沒錯，就是這麼一回事。半年後，我們就不再是小學生。以後再也沒有機會背書包了。

就在此時，大介大聲驚呼：「你們看，是烏鴉！」

烏鴉盤旋在高空上。

我們依舊躺在屋頂上，望著烏鴉來回盤旋。

強烈的陽光普照在我們的身上，我們硬撐著睜大雙眼，仔細欣賞烏鴉的黑影，以及炫目的天空。

（這種感覺真舒服……）

飛過天空的小鳥自由自在的翱翔著。

我們仰望的天空就像是一張純白的畫布，任我們恣意揮灑。

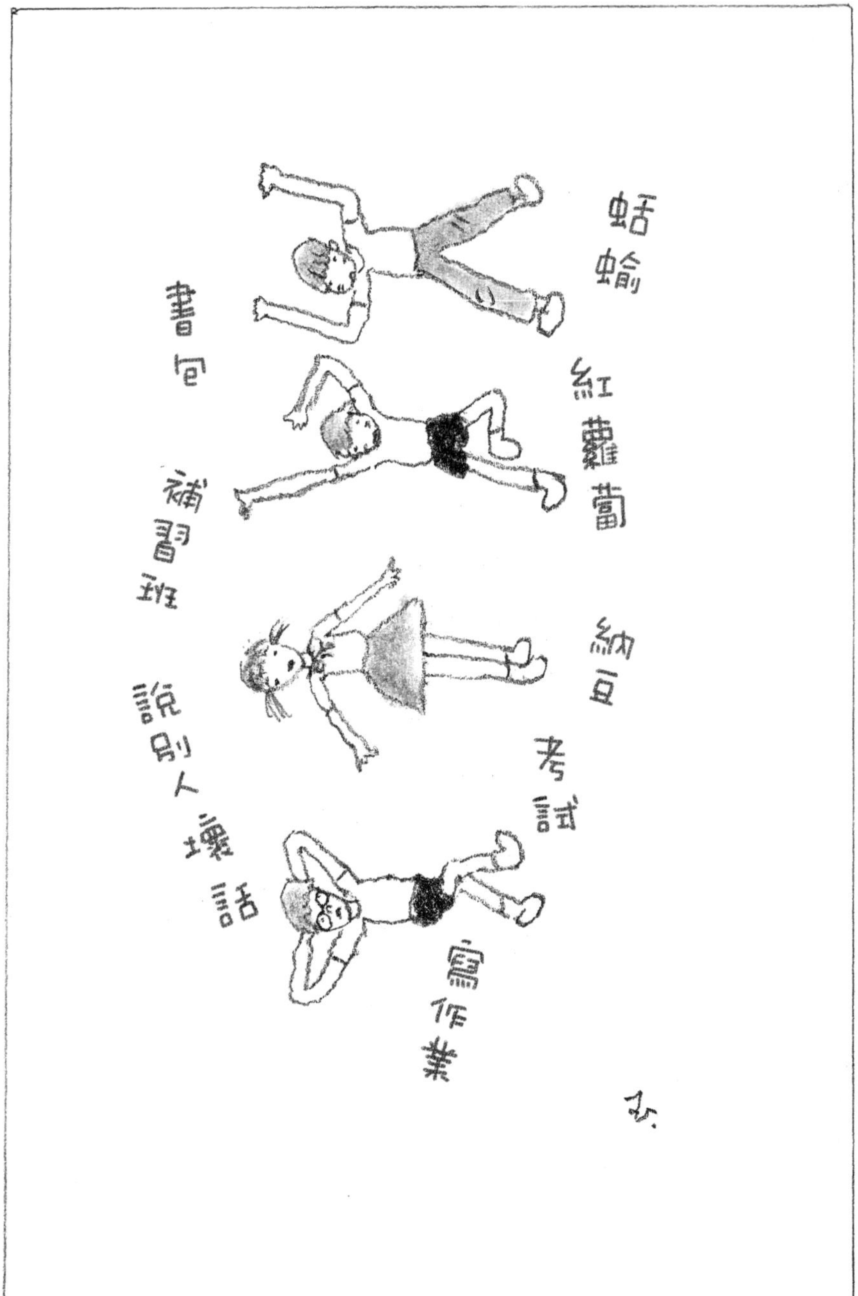
蛞蝓
紅蘿蔔
納豆
考試
寫作業
書包
補習班
說別人壞話

456+
學堂

由閱讀教育專家**鄭圓鈴**教授領軍帶路，
用十五個提問打通思考經脈，累積理解功力，
閱讀經驗值全方位提升！

題目設計／師大國文系教授　**鄭圓鈴**

以下我們將從閱讀素養的角度設計一些提問，希望能幫助孩子們更深入閱讀與了解這本書。我們也期待孩子們能根據這些提問，說出自己的看法，並樂於與其他人分享和討論。這樣的過程不僅能使我們更深入的了解別人的想法，也可以開拓自己閱讀理解的版圖。

1 找一找阿大正式的名字？

2 為什麼本書書名訂為「說謊的阿大」呢？

3 哪些人能證明阿大沒有說謊？從文中舉出證據，支持你的看法。

4 找一找阿健與阿大一起籌劃的惡作劇，是在同學的午餐裡放進什麼？

5 做了哪件事之後，阿健不再害怕阿大的眼睛了？為什麼他不再害怕了？

6 小說一開始，阿健就抱怨他的書包會勒痛肩膀，最後你知道他不喜歡書包的真正原因是什麼嗎？

7 找一找夏葉在圖書館發現阿大與阿健一起研究什麼書？

8 標題為「迷失自我」的那一章，你發現阿健和夏葉兩人有什麼相同點呢？

9 在「研究發表會」這一章，從夏葉對敬一的評論中，我們可以歸納出哪些重點？

10 找一找敬一研究魚類生態所得到的結論，是證明哪條河川沒有魚類？

11 阿大用什麼方法讓敬一願意承認河川裡有魚？

12 敬一堅持在「表揚儀式」臺上所說的話，你認為哪些部分最重要？記得要說一說理由。

13 小說的結尾「我們仰望的天空就像是一張純白的畫布，任我們恣意揮灑」，當你讀完這句話時，心中產生什麼想法呢？

14 讀完這本小說，你最喜歡哪些同學的哪些行為呢？並說一說你的理由。

15 如果你想把這本小說介紹給你的同學，你會如何說呢？

樂讀456+ 002

說謊的阿大

作　　者｜阿部夏丸（Natsumaru Abe）
繪　　者｜村上豐（Yutaka Murakami）
譯　　者｜游韻馨

責任編輯｜許嘉諾
特約編輯｜游嘉惠
封面設計｜林家蓁
行銷企劃｜葉怡伶

天下雜誌群創辦人｜殷允芃
董事長兼執行長｜何琦瑜
媒體暨產品事業群
總經理｜游玉雪
副總經理｜林彥傑
總編輯｜林欣靜
行銷總監｜林育菁
副總監｜李幼婷
版權主任｜何晨瑋、黃微真

出版者｜親子天下股份有限公司
地址｜台北市 104 建國北路一段 96 號 4 樓
電話｜（02）2509-2800　傳真｜（02）2509-2462
網址｜ www.parenting.com.tw
讀者服務專線｜（02）2662-0332　週一～週五：09:00~17:30
讀者服務傳真｜（02）2662-6048
客服信箱｜ parenting@cw.com.tw
法律顧問｜台英國際商務法律事務所 · 羅明通律師
製版印刷｜中原造像股份有限公司
總經銷｜大和圖書有限公司　電話：（02）8990-2588

出版日期｜ 2014 年 3 月第一版第一次印行
　　　　　 2024 年 7 月第一版第十九次印行
定　　價｜ 300 元
書　　號｜ BCKCK002P
I S B N　｜ 978-986-241-809-3（平裝）

訂購服務
親子天下 Shopping ｜ shopping.parenting.com.tw
海外 · 大量訂購｜ parenting@cw.com.tw
書香花園｜台北市建國北路二段 6 巷 11 號 電話（02）2506-1635
劃撥帳號｜ 50331356 親子天下股份有限公司

國家圖書館出版品預行編目（CIP）資料

說謊的阿大 / 阿部夏丸 文；村上豐 圖；游韻馨 譯
-- 第一版, -- 臺北市：天下雜誌, 2014.03
272面；17X22公分. –（樂讀456+系列；2）

ISBN 978-986-241-809-3（平裝）

859.6　　102023562